大雅

为一种品格注脚

大雅诗丛

未来之城

赫列勃尼科夫诗选

［俄罗斯］赫列勃尼科夫　著

凌越　梁嘉莹　译

广西人民出版社

译 序

发现诗歌新大陆的哥伦布

凌 越

一

俄罗斯白银时代文学在中国当代读者视野中是一个醒目的存在。就某个较短时间段的外国文学而言，白银时代文学在中国大概算是被翻译介绍最充分的，几位白银时代大诗人——马雅可夫斯基、帕斯捷尔纳克、茨维塔耶娃、曼德尔施塔姆、阿赫玛托娃——业已成为中国翻译界持续多年的热点，每一位的诗作都有多种中译本，甚至于他们的小说、随笔、传记也在源源不断地出版。与此相应，他们也在中国觅到不少知音，中国当代许多诗人对他们的作品几乎到了耳熟能详的程度，对他们的评价也普遍较高。可是在这一片喧嚣中，却有一个黑洞般深邃的沉默的所在，那就是赫列勃尼科夫。

翻开任何一本白银时代文学史，赫列勃尼科夫都是不可或缺的一章，他作为白银时代大诗人的地位是稳固的，而且随着时间的推移，这种地位似乎变得更加坚如磐石，在某些作家眼中赫列勃尼科夫比上述几位白银时代大诗人更加出色。作家符谢沃罗德·伊万诺夫将赫列勃尼科夫与陀思妥耶夫斯基、乔伊斯和普鲁斯特相提并论，认为他是"最伟大的诗人之一"。未来主义另一位大诗人马雅可夫斯基则赞誉赫列勃尼科夫是"发现诗歌新大陆的哥伦布"。而始终昂着头颅的骄傲的曼德尔施塔姆，也罕见地给予赫列勃尼科夫极高的评价："他的每一行诗都是一部新的长诗的开头。每隔十行就会出现格言警句，简直可以刻在石头或钢板上。赫列勃尼科夫写的甚至不是诗，不是长诗，而是一部庞大的、百年千年也取之不尽用之不竭的、全俄罗斯的圣礼圣像册。"

但赫列勃尼科夫在白银时代诗人群像里面孔始终显得有些模糊，其原因很大程度上正是和他的上述两位最重要的仰慕者和追随者（两人的诗歌创作中都可以找到赫列勃尼科夫的影子）过早离世有关，在诗歌圈赫列勃尼科夫失去了两个最有力的支撑点，这显然不利于他的诗歌影响力的扩大。事实上，除了马雅可夫斯基和曼德尔施塔姆之外，赫列勃尼科夫的激赏者主要是一些语言学家和学者，诸如雅各布森、什克洛夫斯基、特尼亚诺夫等，很可能正是赫列勃尼科夫的诗歌激发了俄罗斯形式主义学派的创造力。赫列勃尼科夫在诗人中的知音，除了马雅可夫斯基和曼德尔施塔姆，主要是一些影响力较小的诗人，诸如塔特林、利夫希茨、阿谢耶夫、马尔夏克、扎波洛茨基、卢利耶、尤金娜、利帕夫斯基、萨莫洛伊夫等，他们对于赫列勃尼科夫在诗歌史上的地位还难以起到一锤定音的作用。这也导致赫列勃尼科夫在白银时代众诗人中近乎一位隐身的巨人，人们可以感觉到他是一个重量级的存在，但是却由于畏惧或者无知而不敢贸然踏入其中。

俄罗斯文学界对赫列勃尼科夫评价非常极端，或者推崇备至，或者漠然置之，而中国翻译界对他倒是整齐划一的漠视——就我的视野而言，中国翻译家大概只有郑体武在《俄国现代派诗选》中翻译过他十几首短诗，再有就是在《未来主义 超现实主义》一书中有徐京安译的两首无题诗（本文初稿写于2018年5月，

2022年8月上海外语教育出版社出版了郑体武翻译的《赫列勃尼科夫诗选》），除此之外再难觅得赫氏的哪怕只言片语。几年前我曾经在电话里专门问过俄语老翻译家谷羽先生，赫列勃尼科夫的中译为什么这么少，他原本轻松的语气立刻变得严肃起来："赫列勃尼科夫的诗歌太难翻译了。"后来我翻看了有关赫列勃尼科夫更多的资料，终于明白谷羽先生的"太难翻译"具体是何所指了。

赫列勃尼科夫大概是诗歌史上最彻底的语言实验者和革新者，早在1908年赫列勃尼科夫就在自己的诗作中表明了自己对于词的态度："词是绣架；词是纤维；词是布料。"在赫列勃尼科夫的诗中，词语有一种被长久凝视之后产生的眩晕感。对于每个词，赫列勃尼科夫似乎都要仔细端详，一心要探索其中潜在的可能性，新的音响组合，新的音响色彩。曼德尔施塔姆也曾敏锐意识到这一点，说他"像田鼠一样折腾着语词"。赫列勃尼科夫把古词、旧词或方言词，如古俄罗斯的花园名称、古俄罗斯的四季名称、教堂斯拉夫语的表达法、被遗忘的词语、极少使用的词语、与斯拉夫语言同族的词语，统统拿来，平等使用。这些词语如同泥泞的沼泽，自然会给翻译工作带来很大困难，而和赫列勃尼科夫诗歌中大量的自创词相比，这些困难又是小巫见大巫了。

尽管这些被"勤奋的田鼠"想尽办法搜罗来的冷僻词语丰富了语言的质地，但和赫列勃尼科夫试图打破语言僵化的期望显然还有距离，那么创造新词对于赫列勃尼科夫也就是顺理成章的事了："创造新词是语言文字僵化的敌人，它根据语言至今仍在河流和森林附近的乡村被创造着这一事实，每时每刻都在造词——这些词有的会夭折，有的将不朽——并把这不朽的权利转移到文字的生命中去。新词不光应该具有名称，还应该指向被指称的事物。创造新词并不破坏语言规则。"这段带有自辩色彩的言论，为赫列勃尼科夫诗歌最重要的形式特征——自创词——奠定了基础。据统计，在赫列勃尼科夫的著作中，他创造的词语有一千多个，这些自创词词义纷杂、游移，构词方法灵活多变，而且大多都可以引起双重的理解。尽管赫列勃尼科夫在创造新词时是很慎重的，多半可以通过这些新造词语的上下文形成对于词意的假想，而且这种假想多数时候是全然合乎情理的，但是可以想象这些自创词会给翻译带来怎样的困难。我相信谷羽先生所说的"赫列勃尼科夫太难翻译"主要就是这些自创词带来的显而易见的重重障碍。

事实上，赫列勃尼科夫作品的英译本也只是在20世纪最后10年才逐渐出现，他的首个重要诗歌英译本是1998年2月由哈佛大学出版社出版的。他的散文和戏剧的英译本似乎要呼应赫列勃尼科夫所生活的那个动荡年代，是在1989年7月由哈佛大学出版社出版的，比他的诗歌英译本早了9年，而赫列勃尼科夫第一本较全面的英文传记是1987年由剑桥大学出版社出版的。也就是说，英文世界是在赫列勃尼科夫诞辰100年前后才真正严肃地对待这位世界级的大诗人，而中文世界对于他的认识才刚刚开始。

赫列勃尼科夫对于词语疆界的奋力开拓，在造就崎岖不平的崭新诗歌节奏的同时，无疑也是对旧有的诗歌世界的颠覆和再造。另一方面，对于译者而言，这似乎也是对于美国诗人弗罗斯特那句有关翻译的名言——诗歌就是在翻译中失去的东西——的一种形象阐释。当译者面对这些既美妙又困难的诗句一筹莫展时，最先想起的大概就是弗罗斯特的这句有点漂亮过头的话吧。如果说弗罗斯特是翻译的悲观主义者的话，尼采出人意料在这方面却要乐观许多，他对于翻译的论述在我看来也要深刻得多："在翻译中失去的东西既不是最重要的，也不是最次要的。"

也就是说，诗歌中紧紧依附于语言特质的某些微妙的部分，并不像有些人以为的那么重要，它固然是造就语言轻盈身姿的原因，但是和诗歌的主题、道德感和想象力本身相比，那些微妙的部分终究是处于劣势的，因为它主要起的是一种近于显影液的作用，让主题、道德感、想象力等这些东西可以一种轻盈美妙的方式呈现。如果在翻译过程中这些微妙的部分，或者由于译者水平所限或者由于语言特质使然变得迟钝了，当然会危及主题、道德感和想象力的完美呈现，但却不会因此完全消灭或遮蔽它们，那些重要的东西仍然存在于语言之中，只是不再那么完美，但是其重量和体积是无法消弭的，它们倔强地存在着，而正是这些东西构成一个诗人优秀与否的底色。那么由此看来，翻译绝对是可能的，就算在"较差"的翻译中，也一定会残留着某种杰出的气息，敏锐的有经验的读者一眼就能认出它来。更别说，在运气好的时候，那种微妙的东西也有可能被完整甚至更多地带到另一种语言中，有时候我们盛赞某些译作"甚至比原作还好"，大概就是这个意思吧。

赫列勃尼科夫是如此敏感的诗人，也由于他对自创词的执着，使得对于他的作品的翻译困难重重。但是赫列勃尼科夫并不是形式主义至上的诗人，作为一位世界级的大诗人，在他身上有许多貌似矛盾的东西奇特地和谐共生着，并成为他作为大诗人外显的标签。比如，赫列勃尼科夫诗中突出的形式特征和神话的、现实的、革命的题材并行不悖，他对于俄罗斯古老传统文化的迷恋则和未来主义对于前卫新潮的追逐形成另一组矛盾的和谐，他诗歌中严肃乃至于悲剧性的语言则和文字游戏的轻松、轻佻形成另一个惊险的平衡，而所有这些矛盾的接驳处正是美肆意生长的土壤。

基于以上认识，我们可以判定任何语种的翻译必将不同程度地损害赫列勃尼科夫诗中突出的形式特征。例如对于自创词，英译还可以通过不同词根的组合勉强加以翻译，而汉语翻译在这方面则显得尤为无力，只能通过大致的字与字的并列予以呈现，尽管也可以从中感觉到某种陌生化的效果，但"自创词"的"创"的部分则几乎完全被抹掉了，那种通过创造词语重新命名世界的巨大喜悦，中译本的读者大概只能通过想象去弥补了。但是赫列勃尼科夫诗歌中更重要的主题、道德感和奇诡的想象力，使得对他的诗歌的翻译仍然是可能的。按照尼采的话推演，诗歌中最重要的那部分东西仍然是可译的，因此，赫列勃尼科夫的任何中译尽管都不可避免地抹平他诗中突出的形式特征，但是在我们这部中译本中，仍然可以清晰地看到一位大诗人伟岸的身影，在这部中译本中我们希望他仍然是一棵繁茂的参天大树，尽管树皮不可避免有些剥落了，树身也留下了刀劈斧砍的伤痕。

二

1885年11月9日（俄历10月28日），维克托·弗拉基米洛维奇·赫列勃尼科夫出生在信奉佛教的蒙古游牧部落的"汉营"里，那汉营所在的草原是由里海干涸的海底变成的，换句话说，他出生在俄罗斯阿斯特拉罕省小杰尔别托夫乡信奉喇嘛教的卡尔梅克人中间，他父亲是乡里的督察官。父亲的祖上是阿斯特拉罕有名的商人，母亲的祖先是扎波罗热人。换言之，赫列勃尼科夫出生于俄罗斯帝国的一个偏僻角落，这种出身本身大约也是赫列勃尼科夫未来和莫斯科、彼得堡那些诗人格格不入的一个源头性的原因。至少在有生之年他没有凭借他那些优秀的诗篇真正征服莫斯科的诗人圈，更别说彼得堡的了，他的诗中总是盘旋着阿斯特拉罕、卡尔梅克草原和伏尔加河三角洲的名词和意象，而这些南方绚丽的意象（"乌拉尔秋天柔软的锦缎"），也总是把他从莫斯科拉回故乡，甚至拉回更南方的巴库和伊朗。

赫列勃尼科夫出生于信奉佛教的蒙古游牧部落的汉营，也意味着他从一开始就处于俄罗斯正统的东正教控制范围之外。里海之滨错综复杂的文化形态也影响到赫列勃尼科夫的诗歌，使他的宗教兴趣驳杂而多样，并未定于一尊，在赫列勃尼科夫诗歌中出现的神祇包括古埃及太阳神阿顿和卡、印度的守护神毗湿奴、中国神话中的盘古、古希腊神话中的俄狄甫斯、伊朗神话中的恶神阿赫利曼、南非祖鲁族中的万物始祖温库隆库卢、日本的自然之神伊邪那岐等。其结果则是信仰本身的庄严和单一让位于一种带有喜感的众神嬉戏，以至于其变成赫列勃尼科夫诗歌中五彩斑斓的底色。

赫列勃尼科夫诗歌另一个主要的质地则是自然意象，这固然是受俄罗斯南方繁茂美丽的自然意象的感染，另一方面也来自他父亲的直接影响。赫列勃尼科夫的父亲，弗拉基米尔·阿列克谢耶维奇，是达尔文和托尔斯泰的崇拜者，精通鸟类王国的各种知识，1919年他成了阿斯特拉罕自然保护区的创建者之一。他希望维克托也成为自然科学家（小儿子亚历山大后来继承了父亲的衣钵），他认为维克托参与的未来派的文学活动纯属瞎胡闹。起先父亲的影响发挥了作用，赫列勃尼科夫最初的求学经历也在把他向自然科学家的方向引导。

1903年赫列勃尼科夫考入喀山大学物理数学系，在数学专业学习。他迷上了数学，曾经在喀山大学担任校长的著名数学家罗巴切夫斯基成为他的偶像，偶像的"不相交曲线"理论对于诗人而言是神圣的。在人类文明史上，将数学和诗歌如此完美地融合在一起的大概只有赫列勃尼科夫了，甚至于特尼亚诺夫曾经评论道："赫列勃尼科夫是语言学领域的罗巴切夫斯基。"在赫列勃尼科夫看来，数学数字有着和词语一样的美感和神秘，它们是活生生的，有着自己的生命、形象和感知。在《野兽+数字》一诗中，他写道："朴素的数字的脖子上/精神与物质，披挂着像一件披风。""置换那火刑柱，那障碍物，那十字架！/把数字当作一个铁质装置。"在《"你的思想流淌"》中则写道："谁的数字迷住了蛇/在嫉妒的铁环中/温顺地滚动。"他有一首写于1912年的短诗直接就叫《数字》：

> 我仔细端详你们，数字。
>
> 我看见你们打扮成动物，凉爽地
>
> 披着一层兽皮，单手支撑在连根拔起的橡树上。
>
> 你们给我们一个礼物：在宇宙脊骨的蛇形运动
>
> 和空中天秤座的舞蹈间达成一致。
>
> 你帮助我们理解诸世纪犹如
>
> 笑着的牙齿的一道闪光。理解我智慧干瘪的眼睛
>
> 睁开去认识
>
> 我将是
>
> 什么
>
> 当它的被除数是一。

在赫列勃尼科夫眼中，数字不仅"打扮成动物"，"单手支撑在连根拔起的橡树上"，而且可以"帮助我们理解诸世纪"。数字不仅是活生生的，而且有着启示录般的作用。对于数的迷恋和研究贯穿赫列勃尼科夫整个诗歌创作生涯，大约从1911年开始，赫列勃尼科夫开始研究幻想式的"历史数学"，并自称发明了神奇的

数字"317"。在赫列勃尼科夫生命的最后几年，在巴库，他又在札记中记下对数的沉思："关系越复杂，数字越简单"，"我像只公猫，盯着数字，直到耗子从眼前跑过"，"我沉醉于数字"，"对词义的感情全然消失，只有数字"，等等。赫列勃尼科夫对于数字持续地研究，逐渐镂刻出数字本身的美，而数字本身的神秘像一盏回光灯，将这种神秘也折射到他的身上和诗作中。

1912年在《斯瓦西亚》一诗中赫列勃尼科夫预言了罗曼诺夫王朝的崩溃，并把这称为"辉煌的成就"。更令人惊讶的是他在1916年底的一封致友人的信中顺便做出的预测："假如外部战争没有转变成内战的死水，这只不过是一年半的时间。"关于这场"死水"的威胁，许多人都说过，并不新奇，但赫列勃尼科夫预言的精确性（不是一年，也不是两年，而是一年半）着实令人震惊。也许赫列勃尼科夫对于数字的神奇研究，真让他掌握了所谓的"时间的规律性"？没有人可以回答这个问题，或许诗人果真是"世界的立法者"？但是从中我们似乎可以模模糊糊感知到赫列勃尼科夫神秘才华的来源，也许正是数字作为桥梁将他渡送到那个神奇的世界，在那里美妙的诗句犹如此世的泥土，几乎触手可及，否则赫列勃尼科夫诗中大量有如天籁般美妙的诗句是如何产生的呢？平常的诗人毕其一生能触及几句已属幸运。对于赫列勃尼科夫将词语完全置于数字的相互关系中的做法和方式，我想至今没有人可以清晰地理解（早在1915年，赫列勃尼科夫已经清楚地知道："我身边没有一个人可以理解我。"），但是从他写出的许多美妙的诗句看，他的方式显然卓有成效。的确，诗人的"科学"也不能做一般意义的理解，因为得以通过那扇窄门的一定是极少数人。

在我看来，赫列勃尼科夫对于数的迷恋和他对纯粹语言的迷恋是异曲同工的。作为曾经的喀山大学数学系学生，赫列勃尼科夫一定知道古希腊早期的毕达哥拉斯学派，尤其是该学派的名言——万物皆数。事实上，赫列勃尼科夫在诗中屡屡把数字当作物本身应该就是这句名言的演进，数是对于万物的终极性的归纳，而赫列勃尼科夫梦寐以求的"宇宙语言"显然也有这种超强的归纳能力。并不令人奇怪的是，"赫列勃尼科夫语言学"是从语言的第一要素——字母开始的。字母表是基础中的基础。和法国诗人兰波对元音的迷恋不同，赫列勃尼科夫感兴趣的是辅音，他认为"一个普通词的第一个字母能够统率全词——命令其余"。他轻视元音，将它们视为语言的母性成分，只起联系作用，没有独立意义，而辅音字母的含义深刻而重要。他把语言分为两类——日常语言和纯粹语言，前者就是人们在日常生活中作为工具使用的语言，而纯粹语言则是能够超越语言巴别塔，各民族的人都可以理解的语言。赫列勃尼科夫所有的诗歌创作都可以视作建造这座纯粹语言高塔的过程，显然这是一种语言学乌托邦。赫列勃尼科夫诗歌艰深难译说明他的这种想法其实是一个悖论，当然也许他是在攀爬那座"天空中深蓝色的峭壁"，一旦爬到山巅，即可纵览宇宙的通透。赫列勃尼科夫的诗歌翻译也是如此，一旦踏过一些浅滩沟壑，它将在任何语言中显露它耀眼绮丽的世界。

三

受身为自然科学家的父亲影响，赫列勃尼科夫很小即对鸟类有浓厚的兴趣，喜欢在诗歌中模仿鸟叫，喜欢用鸟儿的名称。在他诗中出现过的鸟包括太平鸟、反舌鸟、知更鸟、琴鸟、画眉、火鸟、拍尾鸟等。诗人曾在诗中写道："我被出色的鸟儿的啼鸣缠绕。"而赫列勃尼科夫最初的文学作品则是他 12 岁那年开始写的鸟类学札记。赫列勃尼科夫 18 岁时因为参加喀山大学学生的示威游行被逮捕，他在监狱待了一个月。1904 年秋天，他重新成为大学生，不过已经从数学专业转到自然学专业。赫列勃尼科夫对自然学也颇有兴趣，1907 年，《自然科学研究者协会学报》刊登了他第一批鸟类学考察报告，其中包括《1905 年夏季乌拉尔考察报告》，考察持续了五个月。1908 年秋天，赫列勃尼科夫转入彼得堡大学，彼得堡浓郁的文学氛围立刻影响到年轻的赫列勃尼科夫，正是在那里他开始了自己的诗人生涯，我们完成的这个中译本中最早的一首诗《"严酷的静谧拉紧弓弦"》即写于 1908 年，但实际上诗人最初的比较活跃的创作阶段是 1904 年至 1905 年的布尔玛金诺村时期，体裁复杂的《埃尼亚·沃耶伊科夫》未完成的片段注有日期"1904 年"。在这部作品中，19 岁的赫列勃尼科夫已经可以自如地谈论柏拉图、斯宾诺莎和梅契尼科夫了。

从 1909 年秋天起，赫列勃尼科夫已经是历史-语文系斯拉夫-俄罗斯专业的大学生了。他一点也没犹豫，一开始就递交了在东方语言系（梵文文学）听课的申请，可是大学生活和文学创作产生了矛盾，1911 年 6 月赫列勃尼科夫因交不起学费被学校除名。也许彼得堡大学是为了赫列勃尼科夫将来能拥有一个配得上大诗人的履历？试想又有哪个大诗人是任何学校可以培养出来的呢？而赫列勃尼科夫也铁了心要上"永久性的大学"，一边创作一边完成自我教育。赫列勃尼科夫最早和其他诗人的交往始于以维·伊万诺夫为首的象征主义诗歌圈子，1908 年春天赫列勃尼科夫从高加索寄了 14 首诗作给伊万诺夫，得到热烈回响，不久在苏达克他和伊万诺夫见了面。大约从 1909 年 5 月起，赫列勃尼科夫进入伊万诺夫的圈子，其中的一位成员给他起了一个新名字维列米尔（意为"大世界"），此后赫列勃尼科夫一直使用这个名字。1909年6月10日，准备去乌克兰的赫列勃尼科夫将长诗《动物园》寄给伊万诺夫，并将这首诗献给了后者。但是赫列勃尼科夫超前的诗学观念显然无法引起象征主义者更多的共鸣，象征主义杂志《阿波罗》最终违背自己最初的承诺没有刊登此诗。同时，象征派诗人装腔作势的贵族派头，他们作品不知所云的抽象和神秘主义以及对西欧新艺术盲目的崇拜，都使这位外省青年感到格格不入。1909年底，赫列勃尼科夫写了一首讽刺诗《彼得堡的阿波罗》，把象征派诗人形容为"用地主的面团雕刻出来的缪斯"，而在短诗《当着我的面熬松焦油》和《长腿蚊子二号》中，诗人也表达了和《阿波罗》杂志圈子必然决裂的态度。

随后不久，以布尔柳克、克鲁乔内赫、马雅可夫斯基为代表的未来主义者热情欢迎了赫列勃尼科夫，后者比他们要年长，作品和想法都更为成熟，应该说赫列勃尼科夫的许多想法都深刻影响了这批未来派诗人，堪称他们诗学上不折不扣的师傅，而他们对他也报以未来主义特有的高调赞美。1915年夏天，在布里克夫妇举办的一次周六朗诵会上，马雅可夫斯基称赞赫列勃尼科夫为"俄罗斯诗歌之王"，并提议为他干杯，尽管他半带玩笑地自嘲地补充说："我爱恭维人。"同时，未来派众青年诗人大大咧咧的活力，对于寡言、内向的赫列勃尼科夫也有一种激发作用，将他对象征派的不屑上升到一种和传统全然决裂的高度。实事求是地说，赫列勃尼科夫的诗作本身尽管极为新颖，甚至很难看出它们的来源，但是他的诗歌明显有对神话和民间文化的依傍，他肯定非常清楚越是从远古的文化资源中，就越能找到所谓前卫的养料，所谓旧即是新。但是和那些吵嚷快活的未来派诗人的相处，也使赫列勃尼科夫的诗歌增添了一些戏谑的讽刺成分。

未来派诗人喜欢发布和前辈作家决裂的宣言，作者都是联合署名，著名的宣言有《给社会趣味一记耳光》《鉴赏家的陷阱》等。另外两个宣言《词本身》和《火星人的喇叭》，前者署名是克鲁乔内赫和赫列勃尼科夫，后者署名是赫列勃尼科夫等，可以想象，这两个宣言赫列勃尼科夫有较多参与。其中的一些片段很像是出自赫列勃尼科夫的手笔："这不是低声细语的、懒洋洋的奶油口香糖诗篇（摆牌阵……果泥糕饼），而是可畏的话语。""我们则认为，语言首先是语言，如果说它应当像点什么，那么多半像野人的锯子或毒箭。""我们号召到这样的地方去：那里树木会讲话；那里科学协会像滚滚浪涛；那里有春天一般的爱情部队；那里时间像稠李一样开花，像活塞一般运动；那里的超人围着木匠围裙在把时间锯成木板，并且像旋工一样对待自己的明天。"引用这些片段是想说明，赫列勃尼科夫诗歌的复杂性，使它既有革新派诗歌一往无前的英勇气质，同时骨子里又有俄罗斯传统抒情诗的深情和想象力。从总体上看，他和马雅可夫斯基等未来派诗人其实也相去甚远，所以他会说他身边没有人可以理解他，而他和未来派诗人的交往显得较为被动——因为受到他们热情拥戴，而且他创作的大量作品（包括诗歌、戏剧、小说等）终于可以在未来派的各种小册子里顺利发表出来。

赫列勃尼科夫和未来派诗人的区别首先表现在调门上，如果说马雅可夫斯基等未来派诗人都有一个声如洪钟的大嗓门，赫列勃尼科夫诗歌的调门则要低得多，他的许多诗深情又敏感，也喜欢使用诸如大海、树木、草原、春天和秋天之类传统的自然意象。赫列勃尼科夫的诗歌很少大喊大叫，他诗歌的声音庄重而诚恳，一如他的为人。他和未来派诗人的另一个显著区别表现在对于工业城市的态度上，应该说肇始于意大利的未来派的一个根本特点就是对于机器文明的讴歌和赞颂，这一点也影响到大多数俄罗斯的未来主义诗人，但是赫列勃尼科夫却对机器文明持毫不含糊的批评态度。在长诗《起重机》中，被人类创造的物转而向人类造反：涅瓦河畔的烟囱都飞了起来，铁钩沿河飞奔，钢铁建筑物着火燃烧，铁轨离开路基，作为向人类造反的主要象征是鹤形起重吊机，诗中把它描写成一只鸟。一方面，他认为机器是神秘的敌人；另一方面，为了摆脱机器束缚的途径，他又将原始人理想化，将回归自然浪漫化，将动物的本能同人的理性对立起来，从而使他跟亚当主义者又有了几分相似之处。

1914年1月，意大利未来派创始人马里内蒂的俄国之行，加速了俄罗斯未来派的分裂。和赫列勃尼科夫交情不错的马丘申后来回忆道，在圣彼得堡马里内蒂的讲演会上，素常冷静的赫列勃尼科夫非常气愤，差点把讲演会的组织者库里宾揍了一顿。赫列勃尼科夫在讲演会上散发传单，传单最后一句话是："殷勤好客的绵羊缀着奴才的花边。"第二天，马里内蒂说出了"庸碌无为的饶舌鬼"和"再见吧，草包"之类的粗话，赫列勃尼科夫即刻宣称："从今天起，我跟未来派没有任何共同之处。"实际情况是，共同之处原本就不多。总体而言，和赫列勃尼科夫傲然不群的个性一样，作为诗人他给人的印象也是一个孤独的巨人形象，尽管他曾短暂进入过象征主义的诗人圈，也曾和未来派更富朝气的年轻诗人有过几年还算愉快的相处，但是用一种较长远的视角观察，无论象征派的教条还是未来派大胆无畏的纲领（有几点显然直接来自赫列勃尼科夫的想法）都无法完全框住他束缚他。任何一位堪称伟大的诗人的出现都是一种神秘现象，很难用常规的逻辑去考察他，他就是他，没有来源，没有理由，也没有尽头。

四

赫列勃尼科夫生命中的最后几年，世界像一口沸腾的大锅不断有惊天动地的大事发生，而赫列勃尼科夫就像沙尘暴中的一粒细沙随风飘荡，被裹挟其中被戕害被荼毒，最终在1922年过早离开了人世。但是并不令人惊讶却让人感动的是，就在这极为艰难困苦的条件下，赫列勃尼科夫却经历了自己的"波尔金诺之秋"，在他36岁生日前后几天，临终前的一系列作品凝聚在一起，纷纷脱稿，让人为之震惊，这些作品包括《夜袭》《现在》《苏维埃大会前夜》《燃烧的田野》《洗衣女工》《皮亚季戈尔斯克的秋天》《被奴役者之岸》等。赫列勃尼科夫早中期作品已经非常出色，但是他晚期的作品无疑又给他伟大诗人的形象奠定了一个更坚实的基座。

如果我们认同诗歌是从现实土壤里长出的想象力之花的话，那么再有天分的诗人都需要一个现实经验来帮助他的天才显形，那些历史事件对于赫列勃尼科夫而言正是起到了这样的作用。赫列勃尼科夫早期诗歌在语言实验方面已经走得很远，但在语言的基本质地方面还带有明显的童话色彩，其早期诗歌的基调是明晰和愉悦的，比如：

> 你是太阳、歌曲和歌手
> 你用嗓音触及我们的灵魂，
> 让我们的心成为一道惊奇的波浪
> 所有季节里罕见的歌手，
> 而你却飞走。

以及：

> 在这里，我赞美那些翅膀，
> 野蛮的飞行，它们把我带到远方，
> 去往自由的象征，那蓝色的维度
> 被太阳的光环加上穹顶，
> 向高处，向高处，到那绝对的顶点——
> 那永恒歌唱的雪鹭。

在这些早期诗作中，尽管也有阴郁的暗示，但"太阳""歌手""赞美""自由""歌唱"等明亮的词语毕竟占据统治性地位，而且他早期的几首长诗也是明快的牧歌式的，例如《维纳斯和萨满》《维拉与林妖》《乡村的友谊》《米利亚济之歌》等，在这些诗中，多神教神话、幻想的树林和水中精灵支配着诗人的灵感，他把那些童话变来变去，欣赏着它的不同侧面和诗意，但偶尔也予以一丝嘲讽。早期的赫列勃尼科夫对以城市为代表的工业文明持批判态度，他把现代的都市文明和大自然无拘无束的原始生活对立起来。当然，他也明白逃离文明是不可能的，那么给那些美妙的幻象涂上一层讽刺的色调既是一种自我保护，也是对于想象力本身的一种尊重。

但是残酷的世界留给赫列勃尼科夫沉湎于美好幻想的时间并不多，1914年爆发的第一次世界大战立刻把赫列勃尼科夫粗暴又生硬地扔进粗鄙的现实之中，当然作为杰出的诗人，他不会躲闪，而是迎着突如其来的世界的暴风雨逆势而行。一战爆发后的最初两年，赫列勃尼科夫在未来派的出版物中发表了许多带有明确反战性质的诗歌，这些文本后来被收进长诗《捕鼠器里的战争》。与此同时，战争作为一个突兀的词语开始频繁出现在他那几年的诗作中："那里有死亡负责战争的解围——/用食物供应墓地蠕虫。""我拒绝！让我们去发现战争，那食人恶魔的妻子，/那在她衣服里炫耀尸体的食人魔的妻子……""战争之笔画出一个又一个句号，/墓园在郊区扩张犹如首都——/不同的人们，不同的处置。""战争越过边境，寻找鲜血。/我们喊道：'这片土地不是你们的！'""作为战争中忧郁的灰色幽灵/像圆点一样消失于海面？""街坊邻里从他们的洞穴奔跑出来，掠夺那村庄/长矛和刀，叫喊着战争！/'上帝与我们同在！'那战争喊叫着！"当然赫列勃尼科夫对于战争以及其他重大事件并不是一种简单的应激式的反应，而是将这种来自外部的重击汇入他自己独特的情感模式和词语模式之中，如此，那个压垮许多正直小诗人的正义，在赫列勃尼科夫的诗中却和词语本身的轻盈相契合，成为赫列勃尼科夫诗歌魅力的重要组成部分。

　　到1916年，战争对于赫列勃尼科夫不再是阴影般的存在，而是直接变成他的生活本身，从这年的4月起，赫列勃尼科夫经历了整整一年当兵的考验，作为察里津预备军团的普通士兵，经历了以列队操练为形式的"各种刑罚和拷打"，之后又在萨拉托夫城下第九十预备军团当过列兵。直到1917年2月，赫列勃尼科夫才获准请了五个月假，立刻动身去彼得堡，途中被怀疑是临阵脱逃，甚至被关进了禁闭室。经过难以想象的辗转，赫列勃尼科夫于1917年10月25日来到彼得堡（他曾在一年半以前预言过罗曼诺夫王朝的崩溃），随后他来到莫斯科，冒着流弹，不顾封锁，几次被阻止被搜查，但他"有一天深夜沿着花园街走了整个莫斯科"。1918年1919年之交，赫列勃尼科夫最后一次去了故乡阿斯特拉罕，与《红色军人》报积极合作，随后又返回莫斯科。1919年春天，席卷整个伏尔加河流域的大饥荒愈演愈烈，赫列勃尼科夫离开莫斯科，再度南下哈尔科夫，他以为那里是产粮区，比较容易找到食物。但事与愿违，诗人在那里遭受巨大的痛苦，不仅忍饥挨饿，其间更是碰上乌克兰内战，被白军当作间谍逮捕，获释后又被关进精神病院。他得了两次伤寒，这显然严重损害了他的健康，事实上他的身体一直没有完全恢复，并导致他两年后去世。他在1920年2月23日给布里克的信中写道："太可怕了。"然而，诗神却是诗人生命最后阶段的眷顾者，正是在哈尔科夫（他在那住了一年多），他开始了1919—1922年间令人难以置信的创作高峰。疾病和疯狂的写作从两个方面透支了赫列勃尼科夫的生命，可是也将他推上诗歌写作的巅峰——岂止是他的，简直就是世界诗歌史上的高峰。在最后几年，赫列勃尼科夫酝酿多年的诗歌理念和重大历史事件相撞，产生的火花瞬间照亮了诗歌史阴暗的天幕，如此耀眼如此炫目。

在赫列勃尼科夫晚期作品中，主题、思想、体裁都越来越丰富多样，他打量历史的眼光更加深邃，奇特的是其诗歌的想象力也更加美妙绝伦，沉重的题材压在他的诗歌上，却使他的语言变得轻盈明亮，仿佛那重压是提携，而厄运是赞美：

> 人类的种族，你们是这本
> 封面承载着创造者签名的书的读者，
> 我名字的天蓝色字母！
> 是的，你，粗心大意的读者，
> 抬头！当心！
> 你让你的注意力懒散地走神，
> 犹如你仍旧在慕道班。

很快，非常快你将读到

这些山脉，这些浩瀚的海洋！

他们是那唯一，那仅存的书！

鲸鱼从它的书页跳跃出来，

那雄鹰的翼梢扫弯了书页的边缘

当它俯冲穿越海浪的时候，那大海的

胸膛，在鱼鹰的床上休憩。

　　这是写于1920年的《那唯一，那仅存的书》最后一节，其纵览古今的眼光和"鲸鱼从它的书页跳跃出来/那雄鹰的翼梢扫弯了书页的边缘"这样美妙的想象完美地结合在一起，造就了纸面上的杰作，是赫列勃尼科夫晚期标本式的作品。综观赫列勃尼科夫整个创作生涯，想象力和对于形式的敏感一直是紧紧抓住赫列勃尼科夫诗歌的两只鹰爪，现实和历史经验的进入在主题层面拓宽了视野，更重要的是，诗歌本身因为负重飞行而变得更富魅力。换句话说，赫列勃尼科夫从未放弃想象力在诗歌中的核心作用，在处理任何题材和内容时，他都可以轻而易举地以醒目的想象带动内容，以极富魅力的诗句将万物驯服于洁白的纸页之上。

五

　　1921年11月，赫列勃尼科夫带着厚厚的诗稿，从南方的巴库动身返回莫斯科，打算将近年创作的大量作品整理出版。但就像是一个预言，通往莫斯科的路充满艰险，在从巴库到莫斯科的火车上，赫列勃尼科夫遭遇抢劫，更惨的是，在哈萨维尤尔特站，他被人从车上赶了下来。诗人身患重病，忍饥挨饿，勉强支撑着双腿，半死不活地漫游着，而他的背囊里却装着光辉灿烂的诗篇。这是富于讽刺意味的时刻，当然讽刺的对象是整个俗世。

在五岳城盘桓了一阵子以后，冬天到来时，赫列勃尼科夫又动身前往莫斯科。诗人坐着暖和的救护列车，可是走了整整一个月，而列车上成群的伤兵——癫痫患者成为诗人关注的焦点，并成为他新作的主题。新年前夕，赫列勃尼科夫来到莫斯科，彼时他和未来派已经疏离很久，但是莫斯科高等美工专业学校的一批画家热情接待并照顾了他，这些画家包括谢·伊萨科夫夫妇、叶·斯帕斯基，尤其是画家米图利奇成为赫列勃尼科夫的密友。

曼德尔施塔姆夫人娜杰日达多年后在她的自传《第二本书》中也记述了1922年曼德尔施塔姆和赫列勃尼科夫交往的一些细节。他们俩是在莫斯科街头邂逅的，后者向前者抱怨他在莫斯科无所适从，无以果腹。曼德尔施塔姆夫妇的情况要好一些，他们刚刚在赫尔岑之家得到一间屋子，并可以拿到食物的二等配给——每月可以得到一些粮食、面粉、白糖，以及一块黄油和一只冻猪头。对赫列勃尼科夫本人及其诗歌都很欣赏的曼德尔施塔姆就邀请赫列勃尼科夫到他们家吃午饭，后者接受了邀请，有一段时间每天都去。娜杰日达注意到"曼德尔施塔姆对赫列勃尼科夫照顾有加，远比对女人们要好"，而赫列勃尼科夫一如既往寡言少语，"他笔直地坐在椅子上，一言不发，他本人也是笔直高大，嘴唇不停嚅动。他沉浸在自己的想法之中，根本听不见任何一个问题"。

不谙世事的曼德尔施塔姆甚至拉着赫列勃尼科夫去找时任苏联作家协会主席的别尔嘉耶夫，试图让后者分给赫列勃尼科夫一个房间，哪怕只有6平方米。曼德尔施塔姆提出这一要求的理由是：赫列勃尼科夫是世界上最伟大的诗人，整个世界诗歌在他面前都黯然无光。娜杰日达在书中暗示，曼德尔施塔姆为了愿望实现有点夸大其词了，但是很可能那就是曼德尔施塔姆的心里话，后者自己就是一位骄傲的诗人，在同代诗人里，他只对赫列勃尼科夫流露过最彻底的钦佩。1938年，赫列勃尼科夫去世多年后，曼德尔施塔姆夫妇住在萨马季哈莫斯科州的一个村庄，他们随身带了两卷赫列勃尼科夫的作品。曼德尔施塔姆经常翻看它们，从中寻找精彩的诗句。娜杰日达说那些诗整体有点模糊，而曼德尔施塔姆则嘲笑妻子：瞧，你想要的是什么，这对你还不够吗？哪里不是整体？

赫列勃尼科夫诗歌太超前，他最主要的创作手法——自创词也给普通读者理解他设置了障碍，这使得他的作品一直缺乏知音，得不到公正的评价。但是在他同时代人中，他其实有几位知音，除了曼德尔施塔姆，另一位极为推崇他的大诗人，就是赫列勃尼科夫未来派的小兄弟马雅可夫斯基，尽管赫列勃尼科夫对马雅可夫斯基的作品一直不以为然，他曾在《虎背上的莉莉亚》（1916年末）一文中把"浮云式"的马雅可夫斯基写的《穿裤子的云》轻蔑地称作"闻所未闻的玩意儿"。1919年赫列勃尼科夫曾交给马雅可夫斯基一批手稿，但后者没有像之前做的许诺那样帮助出版这些作品。语言学家雅各布森回忆说："他（指马雅可夫斯基）得到了一笔资金，能够出版赫列勃尼科夫的作品，但他却没有出版，我对此特别生气。"为什么没有出版？很有可能是因为嫉妒，害怕自己刚刚获得的影响力会因为另一位巨人的出现而被削弱？这只是猜测，但在和赫列勃尼科夫的关系上，马雅可夫斯基确实表现得不像他粗犷有力的诗篇那样坦荡。

尽管马雅可夫斯基不愿公开表达对赫列勃尼科夫的赞美，但是在私下谈话中，他和曼德尔施塔姆一样对赫列勃尼科夫的评价是顶级的。据同时代人回忆："马雅可夫斯基称他（指赫列勃尼科夫）是最有文化修养的人。对赫列勃尼科夫了解越多，就越是惊讶于他广博的几乎无所不知的知识。他天生少言寡语，要让他活跃起来，要让他加入朋友间的谈话，得花不少力气。不过讲起中医、埃及香烟和拉丁语诗歌，他倒是头头是道。他具有深厚的哲学、数学和物理学知识。从他那里我第一次知道了爱因斯坦相对论。他通晓几门外语，钻研过古希腊语、拉丁语，特别令我惊讶的是，赫列勃尼科夫读过马克思的《资本论》。"马雅可夫斯基语气里的钦佩是溢于言表的，在另一处，马雅可夫斯基对他做了一个总结性的评价："赫列勃尼科夫不是消费者的诗人，他是不可阅读的。赫列勃尼科夫是生产者的诗人。"何谓生产者的诗人？也就是诗人中的诗人，是给其他诗人带来无限创作灵感的诗人。

迄今为止，赫列勃尼科夫最贴心的知音，应该是语言学家、俄罗斯形式主义学派的主将雅各布森，他曾对马雅可夫斯基不出版赫列勃尼科夫的作品感到气愤，因为他知道那是怎样的一笔人类的财富。迄今为止，对赫列勃尼科夫诗歌最深入的批评其实在他生前就出现了，那就是雅各布森1919年撰写的论文《俄罗斯最新诗歌》，这篇重要的文章初稿写于1919年，修订于1921年。赫列勃尼科夫不仅给年轻的诗人带来崭新的创作理念，也刺激了雅各布森这样卓越的学者，在文学批评史上占有重要地位的俄罗斯形式主义学派也受惠于赫列勃尼科夫的诗歌，后者为他们标新立异的新理论提供了恰切的批评样本，更有可能赫列勃尼科夫的诗歌和理念直接催生了俄罗斯形式主义学派的想象力和基本框架。

《俄罗斯最新诗歌》主要分析的就是赫列勃尼科夫的诗歌，并且和过去的诗歌做了比较，进而得出俄罗斯诗歌因此得到更新的过程。雅各布森据此坚称，诗歌是凭借特别的语言手段从内部获得更新的。雅各布森认为，新的题材内容所能做的只不过是为新的语言形式——声音、句法、节奏等——提供他所谓的动因而已，因而把革新的分析建立在外部或社会原因的基础上是错误的，而赫列勃尼科夫关于从诗歌语言内部出现新形式、产生新内容并最终产生新境界的主张则得到他的认可。雅各布森将赫列勃尼科夫诗歌语言系统和马里内蒂（意大利诗人，未来主义创始人）诗歌语言系统做了区别，并强调了诗歌本质上具有服从内在法则的特性，它的交际功能则被削减到最低限度。简言之，诗歌的"材料"就是词，而传记、心理、政治等因素则在其中扮演着非常次要的角色。从这篇文章出发，雅各布森大概在文学批评史上第一次把诗歌内部词语相互作用的重要性提高到前所未有的高度，把文学批评从传记和社会批评臃肿的侵蚀下解放出来。这也顺便解释了为什么一般的诗人一旦涉足所谓的现实主义题材，其作品往往显得笨拙不堪，而赫列勃尼科夫不同，无论他涉足怎样的现实题材，当他作诗时都遵循着他自己创立的诗歌内在法则，这当然是大诗人才拥有的能力。

1922年春夏之交，为了积蓄力量能去阿斯特拉罕探望亲人，赫列勃尼科夫和好友画家米图利奇结伴前往诺夫哥罗德附近的桑塔洛沃村休养。在这里，命运开始对这位"地球村主席"进行报复，因为这位诗人曾经用各种"捕鼠器""陷阱""火柴"威胁命运。赫列勃尼科夫的身体终于在患病多年之后垮掉了，1922年6月28日是诗人解脱折磨的时刻。他留下的最后一句话是："是"——以回答"你死得难受吗"这个问题。米图利奇画了几幅画，题为《赫列勃尼科夫的弥留之际》，诗人被埋葬在溪水村乡间墓地，墓碑上刻着"地球村第一主席"。追忆一位伟大诗人死亡的细节，让人觉得难受，但是"诗人之死"的确有着非同寻常的意义，因为死亡本身终究是诗人所有作品最后的句号，尘埃落定之前，他的诗歌是无法被全面准确地评定的。另一方面，诗人之死的许多细节会唤醒他诗歌中许许多多的隐喻，它们仿佛乘坐着诗人在诗中描写过的各种鸟——太平鸟、反舌鸟、知更鸟、琴鸟、画眉、火鸟、拍尾鸟等——的翅翼翩然而来，仿佛要将诗人通过词语的密道探知的有关世界的隐蔽真理再度显现在世人面前，但可以肯定的是世人将再次视而不见。这就是这位伟大诗人沉寂的命运——他太伟大了，世俗的眼光甚至追不上他高大的影子。

致谢。感谢何家炜，如果不是他的邀约，我们不会想到要去翻译一部较完整的赫列勃尼科夫诗选，所以 2019 年 10 月问世的《迟来的旅行者：赫列勃尼科夫诗选》（人民文学出版社），在很大程度上要归功于家炜兄对我们的信任，我们很荣幸成为赫列勃尼科夫诗歌首个中文译本的译者。感谢吴小龙，二版的《未来之城：赫列勃尼科夫诗选》得以顺利出版。限于篇幅，《迟来的旅行者》中只收入赫氏的三首长诗，然而我们知道他还有不少也许更优秀的长诗，继续翻译他的长诗佳作，让它们尽早和中国读者见面也就成为我们挥之不去的愿望。在《未来之城：赫列勃尼科夫诗选》中，我们补译了六首赫列勃尼科夫中晚期长诗代表作，在这些长诗中，他展现了一种罕见的戏剧性和抒情性高度融合的能力，使他的诗作既具备了史诗的开阔视野，也拥有通常在抒情短诗里才有的情感和想象力的强度。感谢责编唐柳娜、许晓琰，她们细致的工作，使我们的译本得到进一步完善。

凌越

2018 年 5 月 17 日初稿

2023 年 8 月 26 日定稿于广州

目 录

第二辑　长诗

第一辑　抒情诗

"严酷的静谧拉紧弓弦"

严酷的静谧拉紧弓弦
抵御黎明喧闹的呼叫。
阴郁灵魂里的夜之巢穴,
散布"燃烧"的叫喊。

喧闹的呼叫开始颤抖,
吸纳寂静像一面盾牌;
潜入黑暗中去杀戮——
数百杀手,数百头颅。

弓掉落,在手中掉落——
寂静暗示将会是什么,
并通过混乱的权力冲突
飞走。

(1908)

"眨眼睛的太平鸟在那儿鸣叫"

眨眼睛的太平鸟在那儿鸣叫
在雪松的阴影里，
树枝在那儿摇曳和战栗
反舌鸟转瞬间就飞走；

在雪松的阴影里
大把光束飘动着，
树枝在那儿摇曳和战栗
燕子随季节转向
当它们飞走。

在支离破碎的阴影里，
在白昼最黑暗的深渊里，
它们在上面盘旋着呼啸着。
像一群飘浮的时序女神，
以至于，转瞬间飞走。

你是太阳、歌曲和歌手
你用嗓音触及我们的灵魂，
让我们的心成为一道惊奇的波浪

所有季节里罕见的歌手，

而你却飞走。

（1908）

"在这里，我赞美那些翅膀"

在这里，我赞美那些翅膀
野蛮的飞行，它们把我带到远方，
去往自由的象征，那蓝色的维度
被太阳的光环加上穹顶，
向高处，向高处，到那绝对的顶点——
那永恒歌唱的雪鹭。

（1908）

"传来急促的呼啸声"

传来急促的呼啸声，
鸟群从天空下降。
像窸窣的树叶
它们不会飞行。

像一对在我之上的巨大翅膀
我注视着天鹅座风暴的发展。
阴云是某种庞大的鸟
在下面的地方追随暮色。

神秘的柔如羽毛的阴影
在翅膀广阔的圆弧里漂流。
我逃往虚伪的科学
莽撞匆促地进入黑暗。

（1908）

"空荡荡的水面上"

空荡荡的水面上，海鸥的回声在滑翔。

我是未来沉默的退潮，

我是静默未来的涨潮。

芦苇在颤动，在颤动。

小船驶离。

渔夫哭泣。

（1908）

"石头之梦上的"

石头之梦上的
时间的小溪，
时间石头之上的
小溪的湍流。
莎草沙沙响
在湖边——
虔诚的寂静，
回响的湍流。

（1908）

"云的咏叹调飘浮着所有绝望"

云的咏叹调飘浮着所有绝望
在遥远的高高的山岭上，
云的咏叹调投下他们有天蓬的阴影
在遥远的荒无人烟的景色之上。
云的咏叹调翻滚着他们有天蓬的阴影
在遥远的荒原之上……
云的咏叹调飘浮着所有绝望
在遥远的高高的山岭上。

（1908）

"雪人，高个子，明亮的灯塔"

雪人，高个子，明亮的灯塔，
你母亲遭遇了什么？
雪人，高个子，明亮的灯塔，
他们将你母亲埋葬在哪？

（1908）

"你是我的歌"

你是我的歌，我深蓝色的
鸽子的梦，我冬天令人困倦的嗡嗡响，
缓慢的雪橇和金色的旅行
通过积雪之上灰蓝色的阴影。

（1908）

"慵懒的翅膀在寓言中间飞翔"

慵懒的翅膀在寓言中间飞翔，
被女孩的魅力弄得喘不过气来；
缠在金色的羊毛网中
让我死在这里，你的怀中。

（1908）

"他甜蜜的眼睑合上了"

他甜蜜的眼睑合上了，隔绝
我年轻的月亮之歌的悲叹。
我的亲，我的死，我的光，我所见，
我的夜晚我漫长的一天。

（1908）

"纵情酒色的严寒天气"

纵情酒色的严寒天气
击毁黎明疲惫的翅膀。
纯真时代的光熄灭
火鸟冻僵，坠落。

（1908）

"悲痛的心灵"

悲痛的心灵，迟钝的心灵，乌有的心灵，三姐妹，
身披婚纱，和狂野的哀号—同起舞。
她们旋转，俯身，停住，胳膊和腿缠绕在一起，
消失在癫狂的鬈发的泥潭。

（1908）

"女-人和女-人"

女-人和女-人

在沉寂的森林我们形单影只。

我们彼此相爱。

没有女友，没有妻子！

我们彼此荫蔽。

只要我们相爱，谁在乎我们是不是失败者！

我们没有妻子！

我们分享彼此的生活！

在盛大的青春我们形单影只。

（1908）

"我的包破裂"

我的包破裂

一切事物都掉到地板上。

突然我想到

世界是一闪而过的嬉笑

在被绞死者的脸上。

（1908）

"在冰凌的屋顶上"

一个古老

　　颅骨的

　　　　死亡命运，

滑溜溜的老鼠忽隐忽现。

一个古老的

　　谵妄症的命运，

　　　　即将成婚

在冰凌的屋顶上。

就是这样。

（1908）

"碗从长桌上被逐出"

碗从长桌上被逐出——
有人喝了众神的烈酒。
神赐的葡萄酒也是野兽的盛宴——
公牛抬起他们蓝灰色的角。

（1908）

"一群马用几个小时钉掌"

一群马用几个小时钉掌
吵嚷着像打雷，挤进一片牧场。
它们粗糙的身体逐渐排成队列，
它们闪烁的眼睛随着时光而闪耀。

（1908）

"雪是大地的梦"

雪是大地的梦，
雪是冬天的梦；
坟墓里种子萌芽的瞌睡，
子宫里种子萌芽的苏醒。

（1908）

"不是现在"

不是现在。我像每一个人！
许多痛苦。如此
苦涩的种子。
谁在乎暗示？
我爱你吗？
不是没有。你是。
星星。
没有天空
从来没好过。
笑声依旧。

（1908）

"疾驰的乌云"

疾驰的乌云，陀思妥耶夫斯基的学问！

正午普希金般炽热！

夜晚像丘特切夫，

充满未知的深不可测。

（1908）

"谁想听一个故事"

谁想听一个故事

关于一个小妇人，她生活很奢华，

噢，真算不上红极一时的女士，

只是一种胖青蛙：

她矮个子，步履蹒跚，穿着连衣裙，

拥有许多重要的松树般

长青的友谊，和所有那些王公贵族。

春天，她去拜访

你知道她划桨的方式

通过明亮的倒映的漩涡，在她的觉醒里——

那个湖边的傻小姐。

（1908—1909）

蚱蜢

闪光的字母，翅膀振动
如薄纱的蚱蜢
以低洼地旁的青草
填塞他肚子的箩筐。
吱！吱！吱！刺耳的拍尾鸟
唱着歌！
天鹅失色的奇迹！
更明亮，更明亮，明亮！

（1908—1909）

"巨大的树栖怪物"

巨大的树栖怪物，
长着令人惊讶的大屁股，
抓住一个拎水桶的女孩，
她魅惑的双眼打量着他。
晃了一小会儿，她像一只苹果
挂在他毛茸茸的手臂的枝条上。
巨大的怪物——相当可怕，
真的——懒洋洋来回兜圈。生命自有其魅力。

(1908—1909)

"在伊泽利岛上"

在伊泽利岛上
我们曾相处融洽。
我去堪察加半岛
在那儿你是衣帽间女服务生。
从阿尔泰山顶峰
我微笑着说："嗨!"
在阿穆尔河①的岸边，
爱情。

（1908）

---

① 俄语称黑龙江为阿穆尔河。

"新人，我们赞美你"

新人，我们赞美你！

年轻人，我们赞美你！

喜悦的人，我们赞美你！

无所不晓的人，我们赞美你！

阴郁的人，我们赞美你！

强者，我们赞美你！

巫师，我们赞美你！

（1908）

"我们吟诵并迷醉"

我们吟诵并迷醉，

哦，迷人的魅力！

没有胡言乱语，没有夸夸其谈，

没有道貌岸然的魅惑！

这个口若悬河的女巫

施展她的魅力——

我们明白她的吟诵意味着什么！

这儿夸夸其谈！那儿言不由衷！

你这咆哮的巫师，

施展她的魅力，

未选定它，不假意待它，

低估它，详论它，

合唱：轻轻倒出！放弃信仰！

他不能。她不能。

为什么她不能放弃信仰？

为什么他不能不假仁假义？

一直激昂地吟诵，

没有放弃信仰。

高音部，合唱。

（1908）

浮夸的求婚

我发现天气绝对迷人——

给我正挪开的你亲爱的小手，

帮助调整重音——要做得优雅，

如此！那么就像这样：死在篮子里！在紧身胸衣中！

在路边：多么洁白，在夕晖中

若隐若现？那是一棵树？或者仅仅是我的奇想。

啊，请允许我。请。这词太有教养。

我以优雅的步履靠近

去陈述我的风流韵事。我鞠躬然后开始。"假设

你也被爱吸引，

你必须加入我们。一个优雅的傍晚。

当然，女士们——他们递给我的玻璃杯

将起泡。你明白我的意思吗？"

风快速抓住云朵变换的曲线时，

她扇了他一耳光！这是为我准备的吗？

一条消息从我的眼花缭乱中传来，

这萤火虫的微光：他们

说，和来世联系毫不费力。

（1909？）

"沉思，黑暗，高雅"

沉思，黑暗，高雅——
陌生人，你是
昨天吓唬小孩的人吗？
"妈妈！"他们叫道，"他很坏！"然后跑开。

你去探访我的心上人
她呼吸着傍晚的空气，
说："请允许我介绍一下我自己……"
然后大笑："……你好美……"

她扭动手指上的戒指，
微笑着像卖弄风情的女人，说道：
"先生，我听说过你的邪恶冒险——
但是为什么你的手套是红色的？"

"相信我，女士，
那些故事不是真的——
我看上去像邪恶的冒险家？
我只是和你同龄。"

"哦，先生，我简直不能相信……
你有如此忧郁的眼睛！"
几缕蜘蛛丝的闪光飘浮
在水镜般的天空中。

在小路上看到两个身影，
小船消失……
而一个对水的长长拥抱
使我爱人的悲叹趋于沉寂。

（1908—1912）

"好吧，灰褐马，时间设置耕犁"

好吧，灰褐马①，时间设置耕犁
在旁边。暴风雨鞭打我们的脸。
时间重新返回谷仓，
去吃晚餐，梦想，和黑暗。

（1909—1912）

---

① 灰褐马，俄罗斯童话故事和民谣中的神马。

"我游过苏达克海湾"

我游过苏达克海湾，

我骑着一匹野马。

我大叫：

　　"俄罗斯已经灭亡，不再存在，

　　现在像波兰一样被瓜分！"

人民惊恐地注视着。

我说：

　　"现代俄罗斯人的心像蝙蝠一样悬挂着。"

而人民在忏悔。

我说：

　　"哈哈！大笑，窃笑！

　　哈哈！大笑，窃笑！"

我说：

　　"打倒哈布斯堡王朝①！囚禁霍亨索伦王室②！"

我用鹰毛笔写字，柔滑的金色羽毛，缠绕着结实的大翎毛笔管。

我走在美丽的湖边，

穿着树皮鞋子和天蓝色衬衣。

---

① 哈布斯堡王朝，欧洲历史上最强大及统治领域最广的王室之一。
② 霍亨索伦王室，普鲁士公国及德意志帝国王室。

我也是英俊的。

我有一根旧的带坚固圆头的青铜大头棒。

我有一个双簧管和一只锯短的号角。

我拍了照片，手里拿着一个骷髅头。

我在彼得罗夫斯克看见海蛇。

我去乌拉尔，把里海的水，

倒进喀拉海①。

我将卡兹别克山巅的雪称为永恒，但我更喜欢

乌拉尔秋天柔软的锦缎。

在格里本山脉，我发现魔鬼鱼的牙齿

而银色的扇贝巨大如同法老王战车的轮子。

（1909—1910）

----

① 喀拉海，北冰洋边缘海。

缠绕的树林

缠绕的树林充满声音
森林尖叫，森林呻吟
怀着恐惧
看见持矛的男人投掷他的矛。

牡鹿的角为什么沉重地挂着
爱的动人的标记？
闪光的金属箭头击中臀部，
并且认为是正确的。现在野兽的

膝盖受伤，倒在地上。
他的眼睛深深地看着死亡。
马匹发出嘚嘚声、鼻息声和咔嗒声：
"我们带来高大的那匹。无用地奔跑。"

无用的只有你细腻的手势，
你近乎女性的脸。没有行动
能拯救你。你从折磨和废墟中起飞，
搜索的持矛士兵紧随其后。

马的鼻息总是在靠近，
鹿角的分叉总是在降低，
弓弦反复嗖嗖地射击，
在伤害和危险中，雄鹿没救了。

但是他突然发火，毛发直立，怒吼——
长出了狮子残忍的爪子。
他懒洋洋轻松地触碰，戏弄——
教授那恐怖的诡计。

默许的和静止的，
他们着手填充他们的坟墓。
他愈加狂暴。帝王的咆哮。
在他周围到处躺着被击败的奴隶。

（1910?）

"我们想要成为星星的密友"

我们想要成为星星的密友——

我们曾经疏远太久。

我们发现扮演恶棍的快乐。

极受欢迎，要大胆，要像巴克拉诺夫①

或普拉托夫②，或奥斯崔特萨③——

停止哈腰

在回教徒的威严前面！

让政客气急败坏——

往他们眼里吐痰！

就像摩洛赞科④——

站起来并证明！

艾韦艾图斯拉夫应是我们的模范：

"我来了！"他对

他的敌人喊叫。你们北方的狮子，

---

① 雅科夫·巴克拉诺夫（1809—1873），沙俄将军，高加索战争的英雄。

② 马特维·普拉托夫（1753—1818），顿河哥萨克军团统帅。

③ 斯捷潘·奥斯崔特萨（？—1638或1641），17世纪发生在第聂伯河沿岸一场哥萨克农民起义领袖。

④ 摩洛赞科，一位传奇的哥萨克英雄，乌克兰历史上记载了他抗击鞑靼人的事迹。

把我们被玷污的骄傲还给我们。
看见叶尔马克①，看见奥斯利亚比亚②，
我们的祖先跟随我们——看！
飘动，飘动，俄罗斯旗帜，
带领我们越过大地和海洋！
在父辈精神之上引导着
到这沉寂的，可疑的国土。
糟糕得如同弗拉基米尔大公
或者多布里尼亚的战斗乐队。

（1910?）

---

① 叶尔马克·季莫费耶维奇（？—1585），一位哥萨克冒险家，曾为沙皇夺
　取西伯利亚。
② 罗季翁·奥斯利亚比亚，（？—1380），军人僧侣，参加过库利科沃战役，
　该战役是俄罗斯在被征服两百年后，对鞑靼人的第一次重大胜利。

"我看见他们：螃蟹，公羊，公牛"

我看见他们：螃蟹，公羊，公牛，
全世界不过是一只贝壳
它的珍珠和乳光
是我的虚弱。
敲门声，唧唧叫，口哨和沙沙声的容器，
然后我认识到那波浪和思考是相似的。
这儿，那儿，在银河系，女人升起
在黑暗中沉醉于昏昏欲睡的单调。
这样的夜晚，没有坟墓是恐怖的……
而傍晚的妇女，傍晚的葡萄酒
变成唯一的皇冠
我是她的男婴。

（1909—1912）

"发情的大象，连续以乳白色的獠牙撞击"

发情的大象，连续以乳白色的獠牙撞击
那似乎是白色的石头
在艺术家手下。
雄鹿发情，鹿角盘绕在一起：
它们像是拥抱在一起，在古老的交媾中
在狂热的吸引和通奸里。
河流交错着冲入大海：
它看起来像是一个人的手卡住另一个人的脖子。

（1910—1911）

"人们相爱"

人们相爱，将视线

久久地投向容貌，久久地叹息。

野兽相爱，浊物的阴翳

蒙蔽他们的眼睛，

因为小块泡沫而窒息。

恒星相爱，用地球的

纬线覆盖夜晚，

起舞着去约会，去交配。

诸神相爱，把

颤抖的宇宙

编入诗篇，

就像普希金对于

沃尔孔斯卡娅女仆[①]的激情。

（1911?）

---

① 沃尔孔斯卡娅女仆，暗指普希金的诗《致娜塔莎》（1814）。娜塔莎是瓦尔
　　瓦拉·米哈伊洛夫娜·沃尔孔斯卡娅公主的侍女，她是伊丽莎白皇后在俄
　　国宫廷中的首席伴娘。

"黑人的眼睛"

黑人的眼睛
进入远方。

（1911—1912）

"一个小妖精在绿色森林里搜寻"

一个小妖精在绿色森林里搜寻——
柳树，吸着他的口琴——
一丛白杨树在那摇晃
仁慈的云杉瀑布般悬挂着。

阳光的舌尖舔着
一抹刺激的森林蜂蜜；
哦，他抓着的手臂冰冷：
我完全上当了。

我不能承受他眼睛的直视
断然对抗——
他的表情，充满恳求的允诺，
他眼里是冰锥般的痛苦。

草坪耙一般的手指挑剔我
从一丛摇晃的柳絮里；
他有深蓝色的叹息
和一个血肉模糊的身体。

我错过一两次，撕裂

在年轻的狂热中。

树瘤眨眼睛朝我使眼色；

"那条路在哪？为什么？"

（1912？）

"让我们都成为莴苣的头"

让我们都成为莴苣的头；

我们不要让刀子搅扰我们。

（1911？）

"我看见一只老虎"

我看见一只老虎，它蜷伏在一根木头下
用它的叹息吹笛子；
它凶猛的力量在波浪中收缩，
它眼中燃烧着嘲弄的火焰。
在它身旁，一位优雅的女仆在说话
一边优雅地歪着头：
"老虎和狮子，众所周知，
五音不全。"她说。

（1912，1922）

"当马死了，他们叹息"

当马死了，他们叹息
当草死了，他们枯萎
当太阳死了，他们闪耀并熄灭
当人死了，他们歌唱

（1912）

"跷跷板的律法争论"

跷跷板的律法争论
你的鞋将变松还是变紧，
此刻将是白昼还是夜晚，
大地的统治者是犀牛
还是我们。

（1912）

"裸体的石松在树林里复活"

裸体的石松在树林里复活
像一棵枯树。
当黑暗的心在词语里裸露
他们尖叫：他是疯子。

（1912）

作为人民

一只想飞得更高的鸟
飞进蓝色里。
一个想变得更高的淑女
穿着高跟鞋。
当我没有任何鞋子
我去市场买了些。
某个丢了鼻子的人
可以去弄一个仿造的。
当一个国家发现它没有灵魂，
它去邻居那
买了一个！售卖！
……并被赋予灵魂！

（1912）

数　字

我仔细端详你们，数字。

我看见你们打扮成野兽，凉爽地

披着一层兽皮，单手支撑在连根拔起的橡树上。

你们给我们一个礼物：在宇宙脊骨的蛇形运动

和空中天秤座的舞蹈间达成一致。

你帮助我们理解诸世纪犹如

笑着的牙齿的一道闪光。理解我智慧干瘪的眼睛

睁开去认识

我将是

什么

当它的被除数是一。

（1912）

"黑夜里满是星座"

黑夜里满是星座。
自由或约束的优点是什么，
智慧是什么，
在你广阔的页面里，
在我之上的书，什么宿命是我必须辨别的
在这广阔的午夜星空中？

（1912）

"我不需要很多" ①

我不需要很多！

一块面包，

一杯牛奶，

上方的天空

和这些云！

（1912，1922）

---

① 这首诗随后被收录在长诗《女人石像》中。

"黏糊糊的天空闻着是蓝灰色的"

黏糊糊的天空闻着是蓝灰色的，那是牛乳的气味。

对我表示爱意，对我好！

我在流血。你是我的灾祸。

我被钉牢至死，在一棵古老的空心树上。

（1912）

"月亮开始流动"

月亮开始流动——

暴露她自己，

隐蔽她自己，

然后有人长声尖叫：噢！

划破天空。

光的面容编织她自己

在云的合唱里。

面包放在桌子上。汤上了。

他们说一个裸体女人

因为月光变得漂亮。

沙哑的声音，红润的脸庞

大嚼蘑菇；他们

喝酒，流着口水，狼吞虎咽。

我不能从你身边离去，永远。

天空拿走蓝色的、黑色的、灰色的残羹冷炙，

安静地将它们缝进夜晚。

而他们正忙着吞咽鱼子酱。

（1912）

放荡者的回声

但你的一瞥是苍白的，马眼黯淡，
用一条黛青的条纹镀了银。
你的头发完全蓬乱。罪恶的阴影
编织耀眼的图案。

噢，年轻人！快乐的人
从不了解情欲的火焰，
为了他认识看不见的星星，经由你
天空中那深蓝色的峭壁。

（1912）

"在长春花药水里"

在长春花药水①里，

你们蚯蚓，

用一根黑线，激发

两块湿漉漉的礁石。

我是一本隐藏名誉的

烧焦的航行日志；

它并不意味着我是虚空

或格外可怕——

我只是疲惫不堪，

不再热情。

我坐在这儿。温暖我。

不要动我的脸

在我肩上的悬崖上，

但是让某人歌唱的声音传递

唤醒我自己手的听觉。

因为这长春花药水

---

① 长春花药水，赫列勃尼科夫在诗的注释中说"长春花药水是用来施咒的"。
在俄罗斯的民间传说中，这种植物常与唤醒或重新唤醒爱情的咒语联系在
一起。

我最终会发现——
她的围巾是否将我从寒冷中解救，
就像冬天离开大地？

（1913）

"我坐在大象背上"①

我坐在由少女身体
形成的大象背上。
每个人在任何地方都爱我——我是毗湿奴
重新，编织这寒冷的美景。

你大象的肌肉，他们肯定会向你显示
在童话式的狩猎队伍中
去观察温驯地垂向地面的
那垂落的形状，那友善的象鼻。

你黑色的幻影在白色中，
更白，比花更白，
你的身体在我下面战栗
细长犹如夜的卷须。

我是骑着白象的菩萨：
一如既往，忧愁，纤弱。

---

① 这首诗的灵感来自描绘毗湿奴生在大象背上的印度传说。大象被绘制成几
个女性人物的复合体，交织在一起形成身体、四肢和躯干。

这些少女中的一位看见我，报以
感激的微笑的火焰。

记住，要体现一头威猛的大象
在任何地方一点也不可耻。
你们这些少女，被梦想迷惑，
一起温暖地编织你们自己。

重演象牙的起伏是困难的，
塑造巨大的脚印是困难的。
长笛的声音，花环围绕的歌集宣告：
他和我们在一起，在我们身上，那蓝眼睛的神！

（1913?）

一个趋于困惑的人之歌①

我曾看见黑色松针
在一块石头的油画布上；
她的手，我以为，瘦得像骨头——
然后它敲击了我的要害。

这么快？这么奇怪，此刻在傍晚
站在你旁边的，一副骷髅；
伸直一只长长瘦瘦的手
用魔法把星座变成你的房间。

（1913）

---

① 这首诗献给阿赫玛托娃。它可能受到纳坦·奥特曼那幅著名的女诗人肖像
的启发。

芸　香

一个寓言

你知道他们用来治病的草药；

它生长在肮脏的地方。

这是一个老公爵的传说：

俄罗斯在这和蒙古人战斗

在早年明亮的日子里。

带着一堆糟糕的抱怨

新年取代了旧的一年，

他所有部落的伙伴在忙乱

在说笑、推撞、吹哨之后

淫荡地进入他们乡村的管道

他们贪婪的面颊变得膨胀。

但是同样的土地已不再欢笑

因为那天鹅之歌听起来就在头顶上，

还有那骨头，那骨头——"芸香"，他们疯狂哭喊

在他们亮绿色黑麦的笼罩下。

那骨头，他们永恒的哀号：

"我们将永远记住战争。"

（1913）

"飞翔！三个字母的小字谜游戏"

飞翔！三个字母的小字谜游戏
忙碌地清洗你的小翅膀，
有什么可能更甜或更好
比看着你咽下我的字母？

（1913）

"今天我再次出发"

今天我再次出发
进入生活，进入市场，
率领歌唱的大军
去反对卑鄙小人和种族的叫嚣。

（1914）

"一束黄色的金凤花"

一束黄色的金凤花。

闪电般的邪恶之眼。

一个女人摘下一朵花，轻轻走过。

不久窗户的眼睛发出巨响

下面的喧嚣笼罩在我们的头顶。

廉价小说书被浸湿了。

隆隆的云是蓝色和黑色的。

在听到两座城堡倒塌的王国

那只强有力的母猫跳了出来，

暴风雨！……谁在怒视

蔫掉的花朵。

（1915）

"黑人国王在人群中跳舞"

黑人国王在人群中跳舞，

巫医猛敲着手鼓。

高大的黑人妇女放荡地大笑，

木偶给他们的嘴着色，并且燃烧。

肮脏的大锅冒着气泡：

一些鸟的骨头，和一个小孩。

我们的老父亲，太阳的帮手

他无意中伤害到我们。

七次那光经过，

七次从太阳到地球。

我们期待，想象黑暗渐渐变冷。

我们期待，我们想象安魂曲。

黑人国王在人群中跳舞，

巫医猛敲着手鼓。

（1914）

"成吉思汗我，你午夜的种植园"

成吉思汗我，你午夜的种植园！

深蓝色的树，在我耳朵里回响！

琐罗亚斯德①我，你黄昏的地平线！

莫扎特我，深蓝色天空！

戈雅，黄昏，黑暗！

罗普斯，你午夜的云！

但是微笑的暴风雨消失了

在咯咯笑声里和爪子的冲击中

让我蔑视刽子手，

去勇敢面对夜晚的沉寂。

我唤起你厚颜无耻的傲慢，

从河流中，溺水的女孩浮起来。

"迷迭香，比回忆更强壮！"

我对着夜晚的航船大喊。

地球的轴线又一次变圆，

带来势不可挡的傍晚。

我梦到我看见一个鲑鱼女孩

---

① 琐罗亚斯德（约前628—约前551），古代波斯琐罗亚斯德教创始人，据说20岁时弃家隐修，后对波斯的多神教进行改革，创立了琐罗亚斯德教。

在午夜瀑布下。

让暴风雨刮向松林像马迈①的兵马

翻滚的云层像拔都②的大军；

来吧词语，像寂静的恶魔，

所有这些神圣的演讲已死。

用沉重的足球去娱乐

走来蓝色天际的哈斯杜鲁巴③、追随者等。

（1915）

---

① 马迈（？—1328），金帐汗国的军事领袖，传说为成吉思汗的后裔。
② 拔都（约1208—1256），成吉思汗之孙。13世纪金帐汗国占领基辅时，他
　领导了金帐汗国。
③ 哈斯杜鲁巴（？—前207），迦太基统帅，汉尼拔之弟。

"从果园里传来一阵安宁的香味"

从果园里传来一阵安宁的香味，

苹果花和金合欢。

那贵妇正在斋戒

害怕她会堕落。

死人漂浮。

昨晚。它是光荣的，狂喜的。

死人划桨。

白色面纱上寒冷的一瞥

在燃烧和闪耀，

而坟墓的阴影

让那一吻甜和咸的滋味凝住。

午夜露水一旦

包围下行的台阶，

幻象便悄悄溜走。

他们简单地低语，"真主比斯穆拉……"

在水面下，他们滑过他们的头颅

并且在海浪的低语里消失。

白雪和款款柔情降临

无处不在，就像雅罗斯拉夫娜①的手
在描画的佩切涅格人②之上。

（1915）

---

① 雅罗斯拉夫娜，在俄罗斯史诗《伊戈尔远征记》中，雅罗斯拉夫娜是伊戈
　尔大公之妻，这一哭泣抗争的女性形象在俄罗斯文学史上尤为经典和感人。
② 佩切涅格人，突厥游牧民族，6世纪开始占据黑海以北草原（至12世纪），
　公元10世纪时控制了顿河与多瑙河下游之间的土地，从而构成对拜占庭
　的严重威胁。

"这些纤弱的日本身影"

这些纤弱的日本身影，
幽怨的印第安少女——
没有什么听起来如此悲哀
犹如最后晚餐上的话语。
死亡——但首先是生命的闪光
又一次：未知的，不同的，直接的。
这个法则是死亡和收获之舞的
唯一节奏。

（1915）

"告诉你的小猫不要咬"

告诉你的小猫不要咬，
当我死了，我将赞助你。
葛饰北斋①将画出你的嘴，
穆里罗②将画出你纯洁的眼睛。

（1915，1922）

---

① 葛饰北斋（1760—1849），日本江户时代的浮世绘画家，他的绘画风格对后来的欧洲画坛影响很大，德加、马奈、梵高、高更等许多印象派绘画大师都临摹过他的作品。
② 穆里罗（1617—1682），西班牙画家。

"民族、面容、时代过去了"

民族、面容、时代过去了，
过去了像在梦中，
一条曾经流动的小溪。
在大自然移动的微光之镜中
星星是网，我们是他们的捕获物，
众神是一堵墙上的阴影。

（1915）

野兽+数字①

当豆娘蓝色的微光
闪烁着穿过乡村的炊烟，
一个东西显现，某个新概念，
和智慧的沉船搁浅在数字的岸上。

"孩子们，孩子们！"神父呼喊着，
当他听到雅典的使者说话的时候。
朴素的数字的脖子上
披挂着精神与物质，像一件披风。

当必死的心灵厌倦了沉思
一些方程式——深紫色的黄昏，泛起的泡沫——
他们的目标，记住，是去高塔
直到他们能触摸到天空。

置换那火刑柱，那障碍物，那十字架！

---

① 这首诗写于俄罗斯加入第一次世界大战一周年之际，反映了赫列勃尼科夫的信念，即有可能在数学基础上预测重大历史事件，从而避免俄罗斯面临的那种灾难。

把数字当作一个铁质装置。
甚至旋风也慢下来，
与数字面对面对质。

我用墨水写下这些字句：相信我，
让我们所有人崇高的日子近了！
而那粗糙的野兽安静地耷拉着，
一对原始的密码在他爪子上！

但是当他听到
关于这些声音和日子的温柔吵闹，
他将会跌倒犹如撞击
在岩石上，在岩石上。

（1915）

"今年秋季是新手的艳遇"

今年秋季是新手的艳遇

没有眼睛能分辨

哆嗦的季节来自受惊吓的野兽。

机智的，全黄色的，

秋天颜色的居民。

死了的树叶和残茎

在山坡上，沼泽地里的树桩

到处都是，以至于那眼睛

盲目地眨动，不知道

一次快速的颤抖

来自另一次恐惧。

（1915）

一个模糊的记忆

可记得？
我命令擦鞋工
从我的鞋子上
刮掉小熊商标；
我抛硬币给宇宙
然后用古文字做了份
焦虑的表述。

在那里，黎明贫瘠的土地
被诸世纪的骑士所耕种，
我命令乌鸦飞行
并且顺便对天空说："帮个忙。去死吧！"
稍后我有了更好的主意——
总是寻找更大的笑声——
我砸毁人类种族的
火柴盒
开始阅读诗歌。
行星地球轻松配合
在疯子的露指手套的黑暗曲线中……

现在跟着我!

有什么可怕的?

（1915，1922）

"一群蹄印，大象的钢锭"

一群蹄印，大象的钢锭，

让我们在梦中给那只老虎戴上皇冠，

让我们一起疾驰飞奔。我们在一起，

成群的我们，身体长着长鼻子。

十什么也不算！我们很多人——一群朋友。

让我们用信鸽运输炮弹。

让我们像世界上第一公民——狼一样行动，

惊跑雕刻在查特穆里克花瓶①上的马匹。

让我们比那只狼更聪明，那俄罗斯土地的抄写员，

并且赞美灭绝的门牙，凶残的战斗。

让我们扭断方言的脖颈像小鹅仔。

我们被他们发情的啼声烦死了。

让我们封锁这宇宙的言论，不让它

撕咬还年轻的我们；

让我们在一群精瘦的白色猎犬中行动

挥舞着我们的短马鞭，玷污着

毛茛，用来自于被宇宙的尖牙撕开的

---

① 查特穆里克花瓶，是19世纪中期从公元前6至4世纪的斯基泰皇家陵墓中挖掘出的引人注目的文物之一，银花瓶上有斯基泰战士放牧马匹的图像。

我们脆弱的双手的血，
宇宙那淌着口水的嘴巴。
让我们用遭遗弃的文学经典
铸造一个加农炮的梦。
年轻聪明的我们将抛弃那些老朽，
那些没有为我们自己，为我们的世世代代
建立世界政府的人。

（1915—1916）

"我的肘部磨破了"

我的肘部磨破了
温暖的胸腔：
唤醒，消遣的女儿！
桥伸出它的爪子
变成逃跑的步兵。
这座桥由溺亡者的尸体建成。
死神坐下梳理
她有毒的头发
像成群的蚊蚋，可以牺牲的生命
想尽一切办法去攻击她。
他们厚厚的云层
像花圈挂在墓碑桩上。
全能的亚马孙人①女战士！
你的头发越来越重，越来越重。
我要收集你梳弃的毛发，给我做个枕头，
总有一天我会闷死你。

（1915，1922）

---

① 亚马孙人，一个谜一样的古希腊女战士族群，她们与无数希腊英雄战斗，
出现在不同的传说之中。

"少女们，少男们，回想一下！"

少女们，少男们，回想一下！

今天我们看见了谁，看见了什么……

那些空洞的眼睛和嘴巴不再微笑

因为他们曾做的——想起来了吗？——昨天。

你们这些居民，有祸了，

深陷于大屠杀的皱褶中！

男人们为你们准备食物

在肮脏病菌的大托盘上。

士兵立即投入战斗，好战，技艺娴熟。

被死亡掀掉头盖骨，他的S跌落。丧生。

年纪大了，他睡着了。比生活更健康，更甜美。

那里有死亡负责战争的解围——

用食物供应墓地蠕虫。

你太可耻！砍下西伯利亚所有的树——

仍然不够做你需要的拐杖。

为什么不从斐济群岛请来专家，

掌握屠杀艺术的冷酷邪恶的教师，

并让他们发展厨艺学院

我们在那儿学习吃人肉，手和心脏？

我拒绝！让我们去发现战争，那食人恶魔的妻子，

那在她衣服里炫耀尸体的食人魔的妻子，

让我们呼喊，像男人曾经做的那样：

"死亡怪兽，当心我的枪矛！

你已经吃了太多斯德洛格格洛夫式烹饪的人肉！"

不要来践踏我的大陆！

做一些梦想不到的事情，全新的，

你的马匹拖拉着世界的灵柩！

雷鸣到来，保守黑暗的秘密，

在你午夜的耳朵里将它深深埋葬。

我认定那一天将到来

当真主乱涂"停止！"在星星的铁铲上。

（1915，1922）

"'喂！'那匹狼充满活力大声呼喊"

"喂！"那匹狼充满活力大声呼喊，
"我吃掉强壮年轻男人的肉！"
一位母亲说："我的儿子都走了。"
但我们是你们的长辈！我们决定！

不管怎样，现在年轻人比较便宜，
不是吗？尘土便宜，罩衣便宜，输煤管便宜
苍白的幽灵，用镰刀收割我们人类的农作物，
所有阳光都为你们的工作而骄傲！

"来救你们的年轻人，你们的死人"。
城市沿着它的街道哀号，
声音像手推车货郎兜售他的鸟——
你所有帽子上的新羽毛！

曾经写过"最后的鹿歌"的人[1]

---

[1] 写过"最后的鹿歌"的人，可能是影射先锋艺术家帕维尔·菲洛诺夫的一本书，书名为《分支宇宙的预言》。书中有一幅鹿的插图引起了诗人的注意。

现在挂在一件银色野兔的毛皮旁，

在储藏室，膝盖被捆绑，

旁边是肉、蛋和奶油！

稳固上涨，而石油价格下跌

但这年轻人走了，我们饭后谈论中的

黑眼睛国王走了，

而我们爱他，需要他，明白吗？

（1915）

坏消息，1916年4月8日①

谁，我？我也是？这麻痹的胜利？

这个反奥涅金②的人？

我，冒犯了那些在他们既有道路上的人民？

我，那个注视着R离开俄罗斯的人，

我，被俄罗斯最好的东西所抚育的，

　　　　最辉煌和最好的，

我，在最辉煌的鸟的歌声中纠结？

我有见证者！

你们这些画眉、天鹅和仙鹤！

我，谁成想我的生活竟远离了？

我也是？你的意思是我将不得不抓起一杆枪

（一个愚蠢的东西，

比笔迹还笨重）

然后沿着大路去行军，

---

① 1916年4月8日，就在这一天，赫列勃尼科夫收到了俄国帝国军队的征兵通知。

② 反奥涅金，暗指普希金的著名诗歌小说《叶甫盖尼·奥涅金》。

一天跳出365×317次常规心跳①?
敲碎我的脑袋并忘记
那成立二十二年的政府②,
进攻着元老政治家的疯狂?
我,写出所有这些诗,
它们连接成一把绳梯
通往银色的月亮?

不,不是我!我有一种天赋
来自有天眼的女巫?
我的姐妹。
带着它通过文字的迷宫,我追踪我们人类的线索:
我们一直没有从我们的手指间放走
我们祖先的预言愿景。
虽然我们已经学会了飞。

我是痛苦的,我一直没有找到词语去描述
一个我爱着,却背叛了我的人。
不,我是疯狂的元老政治家的人质;
我仅是一只他们想去驯服的胆怯的野兔

---

① 365×317次常规心跳,是指赫列勃尼科夫确定,一个典型的步兵以每分钟
80—81步的标准速度行进,24小时内可以走这么多步;在他的历史周期
理论中,这个数字与政治和军事重大事件之间的天数也相对应。
② 二十二年的政府,暗指马雅可夫斯基的诗《穿裤子的云》,他在诗中写道:
"走上前来——奇伟英俊,/我才二十二岁。"

根本不是"时代之王"①

像人们称呼我那样。

一个小小的台阶，只增加了"a"

然后那"i"掉了出来，一根微小的金色权杖

遗失在倾斜的地板上。

（1916，1921）

---

① 时代之王，1915 年 12 月 20 日，在赫列勃尼科夫入伍前不到四个月的时候，他未来主义的同道们在莫斯科的一次聚会上宣布他为"时代之王"。在俄语中，赫列勃尼科夫利用了 korol'（"国王"）和 krolik（"兔子"）之间的词源联系。

"国王不走运"

国王不走运；

国王被关得

    严严实实。

第九十三步兵团

会让我内心的孩子死去。

（1916）

"我在察里津"①

我在察里津②，那儿

河流奔腾像少女的头发。

一个未知的宿命，一场未知的战斗

那儿拉紧弓弦的树木模糊了光线……

第九十三步兵团

会让我内心的孩子死去。

（1916）

---

① 《"国王不走运"》和《"我在察里津"》这两首诗都是赫列勃尼科夫应征入伍后不久在察里津郊外的一个军营写的。第一首诗被记在明信片上，并邮寄给赫列勃尼科夫的朋友德米特里·彼得罗夫斯基，作为协助他退伍的请求。

② 察里津，伏尔加格勒旧称。伏尔加格勒是一个南方城市，位于伏尔加河畔，受伏尔加河的滋润，历来被称为俄罗斯的"南部粮仓"。

"我那部经常被评论的脸之书"

我那部经常被评论的脸之书：
白色的，白色的页面，两个弄脏的月亮。
在我身后，像一只肮脏的美洲小燕，
盖上床单的莫斯科在呻吟。

（1916）

棕枝主日①

我不得不等待许多个世纪
为了这个发现：那天蓝色的敌人
和幽暗亲切的阵阵烟雾？
我把我自己囚禁起来。
你们已经遗弃了我，诸神：
双翼不再在你们的肩膀上颤抖，
你们不再察看我，当我写作的时候。
我们陷于污秽，拖拽盲目的人性
于我们身后纠缠的网中。
那些正在死去的棕榈树已经被孤立
在一个糊涂的老女佣手中
没有理由现在去挥动它们。
战争之笔画出一个又一个句号，
墓园在郊区扩张犹如首都——
不同的人们，不同的处置。
整个茫茫人世已经包扎它的双脚

---

① 棕枝主日，亦译"圣枝主日"或"主进圣城节"，是复活节前一周的星期日。《圣经》记载，耶稣"受难"前不久，骑驴最后一次进耶路撒冷城。据称，当时群众手执棕枝踊跃欢迎耶稣。为表纪念，此日教堂多以棕枝为装饰，有时教徒也手持棕枝绕教堂一周。

用年轻男人身体上褴褛的带子；
在我心中的珍珠壳里
我忍受着我的口哨里恶意的嘶嘶声。
古老大门之上的锁链和门闩，
一个乞丐，一根扭曲的棍子。
而人类肩膀的力量
闪耀在破烂衣服之下，噢，世故的占星家！

（1915—1917）

"披着飞鱼群的斗篷"

披着飞鱼群的斗篷，

冷峻的鱼神皱起眉头。

爆破，爆炸，呻吟，悲叹，

匆促忙乱地——然后它走了。

在远处火焰中的红色帆布那儿，

人的尸体扭曲着变黑。

汹涌的波涛喊叫着死亡，

在坟墓的幻象中碾磨着我们的脸庞。

一个墨水池惹人厌的痕迹

坠落，他的肋骨被死亡的带子缠住。

坠落，像一门被遗弃的加农炮。

现在甲板向后竖起，

不再被任何东西稳固。

美人鱼，编织你们的海藻盔甲！

聚拢起来去埋葬死者，

清洗干净他们令人哀伤的肉体。

用亲吻覆盖这些苍白的骨头！

在天空中，云的国度，

人类让飞机浮出大气表面，

冷酷地把蓝色的烟切成碎片。

在哪里这样抓住你，人类？你们仍被

困在你们祖先苍白的坟墓中：

这是喘息和颤抖着的死神

在这儿一起合作，在她的拴绳末端。

最终她筋疲力尽了。可怜她的

声音萦绕不去，"头晕眼花——哇哇叫！"

她的行动痛苦地慢下来。

她坠落，她头颅撞地。

某人不愿注视一只铁轮

碾过麻雀的眼睛

只是紧盯着野兽的鼻孔

它以悲伤的力量喷射着。

他举起笨重的木桩

砸向摇摇晃晃的猛兽。

那血腥的兽皮滴下自由到杯子里：

虽然它是苦的，它将灌满它。

（1916—1917）

连环画里的战役

一旦地球上升到火焰中，
冷静下来问："我到底是谁?"——
然后我们将创造伊戈尔的传说——
或者许多诸如此类的东西。

这些不是人民，不是神祇，不是生灵——
这些三角形①拥有灵魂的曙光！
这些是在黯淡悲哀的宴会上举起的高脚杯，
充满毕达哥拉斯的阴影和角度。

坚强的少女不停地编织她的长袜，
疲倦地，倔强地。她的钢铁外壳
在空中飞行，而一个炮手
不见了，尽管他英俊又年轻。

端详一下这西装和脸面
在他的流言蜚语中，债务是无聊的谈话！

———————————

① 这些三角形，暗指在当时的前卫艺术展览中，占据主导地位的立体主义绘
画中的几何图形。

这些牙医的钻头是在海上装配的，
那布韦号①炮塔——臼齿，冠以高塔！

视力模糊的海泡石老人
从他的啤酒杯上仰望，
用命运和羞耻来威胁我们
当他抖掉泡沫。

（1916）

---

① 布韦号，一艘法国战舰，在1916年被德国人击沉，造成600人死亡，赫列勃尼科夫在他的短篇小说《梦》中也提到此事。

"总有一天我会忘记斯旺兰"

总有一天我会忘记斯旺兰①，

以及颤抖的女儿们的泡沫爱情。

我要把我唱的歌留给我的长笛，

马的王国②的歌，这就是我的家乡。

那儿一匹纯种的黑种马

用他小木槌般的蹄子宣判

有关年轻的残忍杀手：

他们必须咀嚼马嚼子的苦味金属。

那儿一匹野性十足的白鬃种马

站在平台上像个法官，

而四轮马车的马舌头被钩拉着

算计着犯罪所得，从一到一百。

那儿，一匹纯种马振动着鬃毛

把它的蹄子放在一只冰冷

但恭顺的手掌中——但

---

① 斯旺兰，在俄语中称作列贝迪亚（lebediia），一个古老的名字，指由第聂伯河和顿河灌溉的俄罗斯南部地区。

② 马的王国，指里海附近的卡尔梅克草原，赫列勃尼科夫在那里度过童年。卡尔梅克人——可能是受他们的影响，赫列勃尼科夫在他的诗歌中如此虔诚地谈论马。

是谁的手，没有人记得。

那儿，鬃毛是空气，眼睛是歌，

远离人形兽雅虎①尼亚—尼亚部落②！

我们是更好的人，更接近天堂，

当我们让马成为我们的向导。

"人"——我们为什么那样称呼自己？

你可能会恨我，因为我这样说而打我

但这终究是一件美妙的事

去拥抱马蹄：

他们根本不像我们；

他们更聪明，更守纪律。

他们兽皮的雪白寒意！

他们在石头上步履稳健！

我们不是奴隶，但你们是主人。

你们是人民的选民！

英俊中尉如马般的嘶鸣，

他们用"做"这个词测试我们

马的比赛是对人的评判，

用新的闪电环绕地球。

战争越过边境，寻找鲜血。

我们喊道："这片土地不是你们的！"

黑人，白人，黄种人——我们所有人

放弃吠叫和说话。

----

① 人形兽雅虎，《格列佛游记》中的一个人物。

② 尼亚—尼亚部落，指食人部落。

不同的法官——你沉重的脚步！

法官的权力不是人的权力！

昂首阔步，大公！种马，骏马！

（看到语言的残酷预言①）

我们有共同的命运。我们身上的

枷锁很容易存在，就像我们中间的名字。

（1916）

---

① 语言的残酷预言，语言的预言潜能是"内在进化"的功能，这是赫列勃尼
科夫阐述的一个理论，根据该理论，单词中的元音转换（例如：prance/
prince）创造了词汇-语义范式，可能为时间和空间结构提供了一把转换的
钥匙。

"哦，要是亚洲能擦干我的脸就好了"

哦，要是亚洲能擦干我的脸就好了
在她的头发里——那温暖的金色毛巾——
在这条寒冷的溪流游泳之后！
瞧瞧我现在的样子，一个笨拙的牧羊人，
编一根莱茵河、恒河和黄河的发辫。
而在我旁边有一只奶牛的角——
一个锯短的喇叭，一根中空的芦苇。

（1916）

"塔特林，带螺旋桨的诗人"

塔特林[1]，带螺旋桨的诗人，

气流的质朴的神谕宣示者！

太阳捕手之一！

他无情的手拧扭着蜘蛛

弯曲成马蹄铁的形状！

想象力巨大的钳子！

呆若木鸡的盲人注视着

他演示给我们的物件。

创始的，闻所未闻，

这用金属描摹出的杰作！

（1916）

---

[1] 塔特林（1885—1953），俄罗斯先锋派绘画及艺术设计重要代表，他的
"反浮雕"给赫列勃尼科夫留下深刻印象。"反浮雕"是由各种工业材料制
成的三维抽象建筑，在1915—1916年的莫斯科展览会上展出。这首诗创
作于1916年5月9日，当时塔特林去察里津拜访赫列勃尼科夫。他们和
德米特里·彼得罗夫斯基一起组织了一个名为"铸造铁翼"的未来主义研
讨会。

我

当时，为了模仿托尔斯泰，
我首先阅读恺撒的《高卢战记》，
他极其单调乏味的名字清单
在我的伏尔加河喂养的想象中陶醉
像大群苍蝇。而我记得那时
那老埃及人过去常常称呼所有外国人
什么：嗡嗡叫的人民。
你的时代结束了，恺撒大帝！传下去！
我的声音已经唤醒那嗡嗡叫的世界！

而我回忆起那女人的石像——
那水池和她钻孔的水缸——
去测度她歌唱的美妙，
每个早晨大海都出现在她眼睛里。
我起而迎接塞浦路斯的波浪
在你，玛利亚的大海中。
我秘密的懦夫——
通过你手中的雪疯狂的想象
而鬈发在谈话中旋转
像纺纱的雪片

它惊讶地落在偶像的脚旁——
看吧，这里没有垂死的勇士僧侣
他们在雕像的歌声中辨认出你。

一根黑麦的茎秆，一丝光线，
那金色女神蜜蜂
无畏的蜂巢，
温柔地编辫子。
放肆，疯狂，我大声宣读
并且撕开罗巴克的黑暗
同时穿过你的指缝，沿着你雪白的脖颈，
那种天真的一致流动着。

你嘲笑那个！那个——
充满距离，火光和距离，
沉重，黑暗，预感，
你头发的铁锭——
那种美。这很无聊。
任何一个年轻热情的匈奴人都会这么说。
……
……但你又高又苗条，优雅，
一道微笑的彩虹，
你是一捆新麦，一排黑麦。
你的一瞥是多瑙河的一束光，
你大叫："世界包围着我！"
对你来说常春藤清晰道出了祝福，

而樱花在你出现时落下——
这是花的家族难以置信的表亲！
你是一切美好而美丽的事物——
水中芦苇摇曳的微光，
半遮半掩的莲花似听非听的低语，
梦中柳树上的天鹅
唱着他们尊贵的歌。

（1916）

在山岗上

你是严苛的，并且满怀热情。
我是多瑙河，你是维也纳。

你不知道某些事情，你不会告诉他人——
你在等待多少有些模糊的征兆。
遥远的白杨摇曳着树影
召唤土地去做缄默的对话。

大量深红色的丝绸展开
走出黄昏，越过草地。
穿过狼群后面的加利西亚，
那蒙面夜骑恶魔①的阴影。

（1916，1922）

---

① 蒙面夜骑恶魔，加利西亚民间传说中的裸体女巫——从前面看，她们是美人，但从后面看，她们是一团暴露的内脏。赫列勃尼科夫经常使用这个形象作为战争的象征。

"倔强如同鲍里斯·戈都诺夫的波雅尔之妻"①

倔强如同鲍里斯·戈都诺夫②的波雅尔③之妻，
今天你开船过去，天鹅在湖上，
我想我也有这么多期待。
我没有读过黎明的信。

但记住，一旦你真的是神圣的，
这个地方的女神，无所不知且充满激情，
你的辫子就像傍晚下降的鸽子
栖息在你晒黑的肩膀上。

真的是你！你躲在麦田里，

① 这首诗是写给玛丽亚·西尼亚科娃的，她是一位有成就的艺术家，是西尼
　亚科娃三姐妹之一。她们的庄园位于哈尔科夫城外，是赫列勃尼科夫和他
　的未来主义诗人同伴们最喜欢的隐居地。她的历史原型是克赛妮娅，鲍里
　斯·戈都诺夫的女儿，她以美貌和智慧著称。
② 鲍里斯·戈都诺夫（约1552—1605），原来是伊凡雷帝的大臣，1598年，
　他谋杀了应该继承王位的伊凡雷帝的儿子德米特里，强迫人民拥戴他为沙
　皇，遭到各派力量的反对，引发俄国历史的动荡。
③ 波雅尔，系公元10—17世纪古罗斯及俄国大土地占有者，拥有世袭领地
　的大封建主阶层。

露莎卡^①一般，弹奏你辫子的竖琴琴弦。

真的是你！使你自己美丽

你用蜂蜜涂抹你的身体，迷人的蜜蜂……

他们金色的珠子

你好像穿金戴银，

脸上，眼睛上，头发上。

你教你的声音加上标点符号

带着被蜜蜂叮咬的逗号，

不愿与快乐争吵。

我们的女士在麦田里行走，

在夜间穿过麦田，

在这里我逐渐感受到我的感受

变得不再是我了。

这里没有"是"，就不会有"但是"——

是什么被遗忘；会是什么，谁知道？

这里的鸽子在下午茶时间降临

而圣母把洗好的衣服排成行。

（1916，1922）

---

① 露莎卡，斯拉夫神话中的女性精怪形象，是一个类似水泽精灵的人物，通常与河流有关。在赫列勃尼科夫的诗中，露莎卡的形象多次出现。

"那是泡沫女神的声音" ①

那是泡沫女神的声音，

白杨树林里的一阵微风，或者那就是一个梦？

或者只是致命的词"他"

反复拍击着码头吗？

或者是一只扇动翅膀的鸽子

在一件白色的连衣裙下，

作为战争中忧郁的灰色幽灵

像圆点一样消失于海面？

这是从乌云中凝视的数字3！

这是一群灰色的海鸥！

这是绒鸭在嘎嘎叫！

充满力量和勇气，

他穿过佩礼带的地平线。

（1916，1922）

---

① 这首诗是写给赫列勃尼科夫的另一个爱人维拉·巴德伯格的。在1922年
修改这首诗时，诗人加上了这句话："这是从乌云中凝视的数字3！"因为
数字"3"逆时针旋转90度，就像一只飞翔的鸟。

"小号从未发出过失败的信号"

小号从未发出过失败的信号：
"你们的同志，你们的兄弟姐妹，都倒下了。"
我永远不会证明你的力量——
残酷的方程式唱出它的歌。
各国欣然前来，游泳
像波兰进入我的宅第；
乌鸦飞过，一种甜蜜的景象，
美丽的救世主的旗帜[①]！
我永远不会躲在后面……
追随他，追随他！
到无人区！
到尼曼之地的那片绿色原野上，
在铅灰色的尼曼河[②]之外，
到尼曼之地，到无人区，追随，信徒。

（1916，1922）

---

① 美丽的救世主的旗帜，可能是指俄国帝国军队在战斗中携带的旗帜。它的
肖像是基督的脸，被称为"非人手所造的肖像"。
② 在诗中提到尼曼河，是赫列勃尼科夫对马雅可夫斯基在战争开始的几个月
里，为宣传海报提出的沙文主义口号作出的反应。赫列勃尼科夫的一首诗
描绘了德国士兵的尸体顺流而下，诗中写道："在奥古斯都的壮丽森林里/
有几百个被打败的德国人。/敌人被歼灭，然后沿蓝色尼曼河漂流。"

"她们的脸出自马里亚文"

她们的脸出自马里亚文①，

她们的花是柯罗文②的颜色，

这些女人抓起传单，匆匆跑了。

那被击落的天车卡在她们的喉咙里。

她们不喜欢德国人，他吃得好，肥胖。

（1915—1919，1922）

---

① 菲利普·马里亚文（1869—1940），俄罗斯印象派画家。

② 康斯坦丁·柯罗文（1861—1939），俄罗斯印象派画家。

"你的思想流淌"

你的思想流淌

像灰色的瀑布

在早期古老的田园生活中，

谁的数字迷住了蛇

在嫉妒的铁环中

温顺地滚动，

而铁环，嘶嘶声和口哨声

在蛇的恍惚的舞蹈和痉挛中

让你听到阳光般灿烂的蓟

越来越清晰像歌声。

在他父亲儿子的颅骨上

谁钻了一个挑衅的洞，

进入洞里，静静地卡住

银河系芬芳的嫩枝——

在露珠的蓝色珍珠中；

在那玻璃一样的颅骨里，

住在银河系的那根小树枝上——

哦，束状的星辰，你亲密的天堂，

谁的火焰承载着感激的敬意，

有翼的奇迹，飞翔！

在我右手的小指上，

我戴着整个地球

而我跟你说，你！

我大喊大叫

一只野乌鸦，一件神圣的东西，

在我凝结的喊叫声中筑巢

和她的雏鸟成长，

几个世纪的蜗牛爬过

我的手伸向星空。

（1917，1922）

"洗衣房里人们匆匆擦洗着他们的灵魂"

洗衣房里人们匆匆擦洗着他们的灵魂，

冲到镜子里将他们的良心碾成粉末，

和某人一样，张开他疯狂的鼻孔，

在他们车里嚎叫："你一无所知?"

于是许多人戴上领结

然后不知道怎么去表现：

踮起足尖或者悬挂在树枝上，

或者把他们要的名字记下来?

（1917—1918）

"莫斯科的一个疯狂的古老颅骨"

莫斯科的一个疯狂的古老颅骨

有字母之眼的建筑物，

一柄剑上悬挂着一个奴隶，

无人哀悼的傍晚的奴隶。

我在石头上磨着剪刀

他们清理掉这些墙

小孩在那嘻哈然后死去

就像迟到的哀叹的落叶。

夜之女士从不投下阴影，

连同她的睫毛黑色的未完成品——

她移开半闭着的眼睛

当我呆呆地站立，而她宽恕我。

（1917?）

"昨天我吹口哨：咕咕！咕咕！咕咕！"

昨天我吹口哨：咕咕！咕咕！咕咕！

成群的战争飞下来啄食

我手中的谷粒。

不洁净，一个恶魔在我头顶若隐若现

用石片华丽地装扮，

他的皮带上挂着一个捕鼠器

嘴上叼着命运的老鼠。

他鞭子似的胡子是弯曲的

他的眼睛闪着蓝色的意味。

一只天鹅的白骨

从他的篮子里眼睛瞪得大大地凝视着。

"捕鼠器！"我喊道。"悲痛

为什么要把命运紧叩在你的牙齿里？"

他回答："我是命运之神，

以数字的意志打破僵局。"

食尸鬼在发光的外衣里蛊惑所有人，

把他们污秽的内脏滴在后面，

在我们的眼睑上跳他们的马之舞——

而我们仍然称她们为女人。

他们在一个仪式性的女巫舞蹈中旋转。

尖叫，"维利①！维利！维利！"
他们把香烟碾灭在太阳圆盘上
并像幽灵一样在视线之外掠过。

（1917，1922）

---

① 维利（Vele），该词在西斯拉夫仪式歌曲中构成了非典型的副歌，可能与古代斯拉夫语中的牧神"Veles"的名字有关。

"从桨上滴下闪亮的雨水"

从桨上滴下闪亮的雨水
在它的蓝色中赞颂水手。
探险家，在你灵魂的皇冠上！
我们观看和惊奇，理解并相信！

描述这个男人：头发亮如黎明，
像成熟的麦秸秆一样的黄褐色；
眼睛像海洋里的浮冰
海象在那儿潜水。

像蓝色的珍珠，火焰
缭绕，制造一顶冰冷的皇冠。
如今他的事迹被遗忘，
他远离，遥不可及。

但他坚持用手固定着
掌舵。他的武器搁置着。
他在海上搜寻什么东西吗？
有什么东西在某处寻找他吗？

风越刮越大，越刮越猛，
大海的声音在嘴里吐白沫！
他低语谁知道
这个被风暴推上王位的人的名字？

当那片壮观的连绵延伸的蓝色
吞噬高耸的星座，
他喊叫："我在等你，
蓝色羊毛！现在是我的灵感！"

（1918，1922）

"自由来了，她赤裸裸地来了" [①]

自由来了，她赤裸裸地来了
并且用花朵填充我们的心。
我们跟着她的音乐前进
像爱人一样对着天空诉说。
我们是自由的战士，我们挥拳猛击
在我们的盾牌上，坚强不屈——
"现在让人民管理他们自己，
在每个地方，永远！"
让女孩们探出窗外歌唱
关于我们的祖父过去的战争，
关于我们的自由，胜利的人民，
太阳的忠诚市民。

（1917，1922）

[①] 这首诗是为了回应第一次俄国革命（1917年3月）而写的，这场革命使克伦斯基上台。

"人民高举至上的权杖"[1]

人民高举至上的权杖，

并忍受它高傲地穿过城市的街道。

人民起来行动！……以前，他们做梦。

宫殿，就像受伤的恺撒，佝偻着。

裹在我威严的斗篷里，我跌倒

缓慢地，无限度地。

他们欢呼，"自由不会失败！"

即使在符拉迪沃斯托克（海参崴）也有回声。

自由之歌，你又一次响起！

这些轰炸和子弹的赞美诗会点燃火焰。

人民为自由建造了纪念碑

在火车车厢里，我签字放弃我的王位。

那个深夜议会有翼的精神

---

[1] 这段抒情独白是借末代沙皇尼古拉二世之口道出的。在第三节中，他提到了自己的退位，他是在从彼得格勒到普斯科夫的皇家火车车厢里宣布退位的。

用瞄机关枪的圣像的眼睛斜视着
枪管；但是愤怒的虐待，羞耻——
它挥舞着刀，致命地伤害了我。

我做了什么？像垂死的知更鸟溅起人的鲜血
在我倒下的旗帜上留下火焰。
当我躺在我的妻妾情妇旁边
用一串婴儿的名字装扮她们。

虐待日！可怕的痛苦呐喊，
而如今——腐败和恶性肿瘤！
在每一件破旧的大衣里，我看见丹东①！
而克伦威尔躲在每棵树后面！

（1917）

_____

① 丹东，法国大革命时期的革命领袖。

"成千上万的海豹在哭泣"

成千上万的海豹在哭泣——
他们的眼睛看起来像人类，
这些慵懒的水神，
在海洋中被谋杀的毛茸茸的哀歌
当地球
在二十四小时后转身折回，
并闭上他们的眼睛。
环绕的海洋是北极。
看，那起源于天堂的人形
可能是海豹的佛像，
甚至可能是穆罕默德
不是，而浮冰上全是血。
我会和海豹一起哭泣，
感受他们的痛苦。
在冰上充满血的水坑里，
人类的天堂
被大地弄脏。

（1919—1921）

自　由

狂暴的智慧旋风，
向前！为了女神的缘故！
人民举起天鹅的翅膀，
劳工的血红旗帜！

自由火焰般明亮的眼睛——
在他们旁边，火焰是冷的！
饥饿将引发新的混乱
一旦我们推翻了旧的！

我们是朋友——我们随着音乐前进吧！
向前！为了自由的缘故！
让我们从大地的尘埃中再次升起，
所有人终于醒来！

让我们开始一段奇妙的旅程
伴随着雷鸣般的进行曲声；
如果诸神还在他们的监狱里，
我们将把自由还给诸神！

（1918，1922）

"风，谁的歌"

风，谁的歌，
创口，谁的错？
刀剑的苦差
改变词语。

像爱抚一朵花，
人们爱抚死亡。
东方现在弹拨
力量的琴弦。

一个发光山脉的魔术师
可以刷新我们的骄傲：
像冰山一样被明智地覆盖，
我变成人民的向导！

（1918—1919）

"白马，白灵车"

白马，白灵车。

黑裙，枯萎的脸。

正好让我的心准确射击，

比毛瑟枪或燧发枪更准确。

我已选中目标，那匹皮毛粗糙的鹿。

跟着我，亚美利哥①！科尔特斯和哥伦布。

骑士正在行动，挫败在即。

（1918—1919）

---

① 亚美利哥，意大利航海家，发现亚马孙河口。

"战士！你从天堂的刑台上挑选一个线索"

战士！你从天堂的刑台上挑选一个线索

并和草率的世界决裂。

一个新的扬·索别斯基①

大声喊出："开始射击!"

对一个

用闵科夫斯基②方程式的线

腐蚀他灰色头盔的人，

对一个用马雅可夫斯基诗歌的照明弹

迎战变黑天空的人。

（1918—1919）

---

① 扬·索别斯基（1629—1696），波兰国王，1674年至1696年在位，他于
  1683年率领他的军队在维也纳附近战胜土耳其人。
② 闵科夫斯基（1864—1909），俄裔德国数学家，研究数论及四维时空几何，
  提出时空的新概念，为相对论奠定数学基础。

"那片伊邪那岐——"

那片伊邪那岐[①]

向坐在上帝双膝之上的佩伦[②]和厄洛斯[③]

读着物语的大地,

上帝头上的顶髻

看起来像雪,一团雪;

那片埃莫[④]拥抱着玛·埃缪

和天恩[⑤]及因陀罗[⑥]坐着谈话的大地;

那儿朱诺[⑦]和魁札尔科亚特尔[⑧]

爱慕柯雷乔[⑨]

钦佩穆里罗;

---

① 伊邪那岐,日本神话中创造日本国土的天神。

② 佩伦,古希腊神话中的雷电之神。

③ 厄洛斯,古希腊神话中的爱神。

④ 埃莫,原文为拉丁语,爱神丘比特。

⑤ 天恩,此处指中国神话里的天神。

⑥ 因陀罗,古印度神话中印度教的主神,主管雷雨。

⑦ 朱诺,主神朱庇特的妻子。

⑧ 魁札尔科亚特尔,羽蛇神,古代墨西哥阿兹特克人与托尔特克人崇奉的重要神祇。

⑨ 柯雷乔,意大利16世纪著名画家。

那儿乌库鲁库鲁①和托尔②

抄着手

平静地下国际象棋

在阿施塔特③旁，那个崇拜葛饰北斋——

带我到那片土地的女神！

（1919）

"那春天的谚语和俏皮话"

那春天的谚语和俏皮话
翻阅冬天的书卷，
某个蓝眼睛的人在阅读
腼腆的涂鸦，害臊的自然。

一个小金球飞越那张
萌芽的白杨枝条的网。
这些日子，那些金色的款冬花晃动。
像挤成一团的金色乌龟。

（1919）

"充溢着福音"

充溢着福音
一部嫩绿色的《古兰经》，
我清早起来期待
黎明的使者，
出去在头顶的蓝色池塘中
捕捉那太阳鱼，
它投掷它的网
熟练地网住怒吼的牛群，
一团懒散踱步的雷暴云，
还有夏日风暴那清新的芳香。
我的白杨安琪儿，
大自然的绿色立场，
你高而广地撒下你绿色的网
从你的树干那儿！
那春天的上帝
打呵欠，一条太阳鱼惊到了
在船底
每一片闪光的叶子。
绿色的嘴巴致敬高高的天堂，
吃光了！太阳神的圈套，

我高高飞翔的白杨
带着号角的咆哮和风的吹击声
释放一个重击
那在蓝色伏特加的波浪中
洗刷草地的重击。

（1919）

"为什么这些眼睛是勿忘我"

为什么这些眼睛是勿忘我

这也是艾伊①的月份！

在夜莺的音符中

听到一个树精的长笛，

这也是艾伊的月份！

那小树精跑走了——

那些法翁②仍然在弹奏吗？

我歌唱着消磨我的日子！

这也是艾伊的月份！

而吹笛子的潘③

是粗野莽撞的乡下人——

这也是艾伊的月份！

（1919—1920）

---

① 艾伊（Ay），是俄罗斯民间对五月的称呼，也作艾月。

② 法翁，半人半羊的农牧神。

③ 潘，即牧神。专门照顾牧人和猎人，以及农人和住在乡野的人，希腊神话中司羊群和牧羊人的神。

"水侵蚀起皱的根茎"

水侵蚀起皱的根茎，
仍然流动在朦胧的树丛附近。
风争执摇摆
甚至。网仍然悬挂在鱼梁上。

汗水模糊了雾蒙蒙的空气。
在一个他们从未听过悲声的地方
一个沉思的，晒黑的男孩在成长；
一个女孩在他旁边成长。

岸边夜间的芦苇在颤抖
水中的野草在颤抖，
一些高个，脸色苍白的人
站在树旁，无法辨别。

（1919）

"世界范围内意志的世界人"

世界范围内意志的世界人，
黯淡生长的时光的他者，
僵直坠落的人用毯子盖住田野——
自我是我的名字。

（1919）

"整天满是蓝色的熊"

整天满是蓝色的熊，他们
拍打着蓬松的睫毛丛，
越过湛蓝的水，在你凹陷的眼中
我预知到一个尖锐的命令：停止做梦。

在你搜索的眼睛那银色勺子中
大海发出一只飞向我的海燕，
还有俄罗斯鸟——看！——通过不为人知的睫毛
翅膀向着发出声音的大海飞去。

然而爱的黑海的风吹翻了
蓝色海水中某人的船帆，
而这是春季风暴，一帆风顺——
现在它的所有一切，只是绝望的堕落。

（1919）

"在白色碟子上的一只黑色螃蟹"

在白色碟子上的一只黑色螃蟹

抓紧一根深蓝色黑麦的茎。

谈话从天气转向

这个懒惰和谎言的大海。

但是等等，一个出乎意料的大声疾呼——

"看呀，在我们约定的日子前，我们做到了。"

像恺撒有一次，去隐藏他的双腿，

拉上窗帘。就是这样。

死去，我亲爱的。人们凝视着，

但是如果他们的视线击中要害，

不管了。你向后靠，饱餐一顿，

说："为什么要担心？相貌并不能杀人。"

（1919）

"一个谨慎的椋鸟大会"

一个谨慎的椋鸟大会，
椋鸟的秋季集会。
一大片编织的柳树篱笆，
光线在风中打瞌睡。
它们警觉的嘴巴一直使
哀伤的哭叫在空气中飘浮，
回水在河中闲荡，
雪白的亚麻沿着一条线延伸。
三个女孩在算命——
谁是你的男孩，谁是我的？
那些鸽子一直不停地飞翔，
标记他们太过短暂的时光。
无处不在的阴影在拉长，
在我身上铺一层柳荫……
……仍未！

（1919—1920）

"爬着求饶的胆小鬼"

爬着求饶的胆小鬼

玷污薄暮时分的天空

落在乌鸦的地方

使他眼中的疑问之光转向。

（1919）

我的竞选

一群马儿打扮成人
当它看到海的时候就突然掉头，奔跑起来。
对海的恐惧！它超乎预料地膨胀，
像麻疹在孩子间传播。

但那个名字"薇拉"像西伯利亚般扩张
等待着邂逅属于她的叶尔马克——
嫩绿的，和煦的大地，鸟儿静静生长，
那儿传说中的要塞 A 将放弃一切。

乌有之事溅起水花，超越所有信仰
在薇拉[①]的真理里，像一面镜子反映着我。
哦大海的深深悲伤，听起来——
像是土匪的大头棍棒的重击！

（1919—1920）

---

① 薇拉，指的是薇拉·德米亚诺夫斯卡娅，西尼亚科娃三姐妹的表妹，也是
赫列勃尼科夫最为迷恋的对象。

"如今夜莺的欢快歌声" [①]

如今夜莺的欢快歌声

枯萎了，而第一群鹤的叫声

从《哈尔科夫地区鸟类》中消隐，

著作……我想我是对的，

由苏什金所写……

还有秋天悬挂着像一个犹豫的逗号，

现在我转向

那个有着奇怪的冰凉头发的你，

邀请我去品尝冰葡萄酒

来自《埃及之夜》……

由普希金所写。

（1920）

[①] 这首诗的收件人是薇拉（见《我的竞选》注释），她嫁给了苏联官员。赫列勃尼科夫对薇拉迷恋的危险，通过对普希金未完成的故事《埃及之夜》来传达，故事中一位诗人讲述了埃及艳后克娄巴特拉如何向任何男人提供爱的夜晚，条件则是他为了这床第之欢而放弃自己的生命。

"那儿太阳像现金一般"

那儿太阳像现金一般
同等地照耀着好和坏，
我在我的吉卜赛女人旁独自躺着，
分拣着时间和稻草。

白天是蓝色的而夜晚是黑色，
一个单一整体的两半；
我是你的奴隶，我亲吻你的脚，
我们拥抱，一个单一的发光的灵魂。

（1920）

"那是在阿伊河微醺的一个月"

那是在阿伊河微醺的一个月，

阿伊河懒洋洋的一个月。

听，小伙子，你移开视线——

说是什么时候？然后哪个月？

五月！五月！

第一个五月到来，倾泻而下。

微醺的五月！

现在是一个年轻姑娘甜蜜的干草日！

我吟诵着迷醉了，我呼喊，我轻唱浅吟！

我歌唱欢快的六月！

（1920）

甜蜜的谈话

今天的事物
是柔软
和智慧的——
甜蜜的投降
在天空扬帆航行。

（1920—1921）

艰难的谈话

一拳打在脸上，
那是我亲吻的方式。
红，
比粗糙的花楸浆果
更红，
飞溅起水花，
一束红光，
大树枝上樱花盛开——
嘴唇裂开。
空气哀号。

（1920—1921）

"夜晚的颜色孕育着深蓝色"

夜晚的颜色孕育着深蓝色

飘流在一切之上，所有一切值得去爱的，

有人喊出来，那声音压抑，

欲泣，充满了傍晚的痛苦。

一瞬间，当金色亮起的时候，

三颗星星，燃烧在水面上的小船里，

还有一棵孤独的杜松掠过

它的树枝在一块墓碑石之上。

一瞬间，当巨人们在他们头上

扎上猩红色包头巾的时候，

那海风任性的汹涌，

好极了，永远不知道为什么。

一瞬间，当渔夫们的声音

重复着奥德修斯的字句

并超越远处的汹涌波涛

一对上升的翅膀，在海浪之上徘徊。

（1920）

"你们这些在诗歌工厂蹬着靴子的工人"

你们这些在诗歌工厂蹬着靴子的工人，

传送带运输思想的地方，

驮着你们的词语货物：

沉重的打了包的箱子

那儿结婚戒指

和可能的死尸

被储存在锯末中；

标记着"死亡之爱"的纸板箱

塞满了碎铁屑——

剩余的愤怒的念头；

一个濒死女孩的叹息

当她往后倒在枕头上；

湖边豆娘的双翼之上

宇宙闪闪发光，

他们嘴里冒着喜悦的泡泡——

肩负它们，将它们运送到地下道路上——

成捆的沙沙声和噪声，

哒哒声和口哨声，

成群的午夜隐秘的声音——

闭上眼睛。

它们躺在那儿，脸上堆满微笑

你几乎想要逃跑，

跑回到上帝是残酷的上帝的地方

而激情意味着痛苦的箭镞，

再一次眯着眼，视野朦胧

在午夜的眼睛里迷醉

坑洼道路和杂草丛生的地方。

离开那些邮票和船运标签：

贴上标记准确告诉这世界

我们是怎样到达这儿的。

魔鬼，上帝，处女，瘟疫，

诞生和死亡，宿命和脏话——

上帝腹中的刀子。

（1920）

未来之城

这里的公共住宅空间，单层褶皱，
直立起来，像一页页的玻璃；
他们在这儿大叫，"不再有石头了！"
一旦人类理性控制一切。
玻璃砖块，透明的矩形，
球面的，角度，在飞行中扩张着，
透明的土丘，一个
清澈透明玻璃蜂巢的集合，
用这些奇怪的街区，呼应着街道建筑，
高耸的众城堡，闪耀着白色——
在这里，我们进入太阳之城，
那儿一切都是平衡、有序和广阔的。

那儿从打开的黑暗中露莎卡的手
拿着的一只蓝色大口杯中，天空倾泻而下，
还有那猩红的球面是穿顶的高度
笼罩在玻璃的霜染发丝中，闪烁着
犹如它洞悉的眼睛探测着夜晚——现在！
一个凝视刺穿天堂
流动的火进入夜的墨汁。

这个人民的宫殿现在命令

覆盖着的屋顶转动开来

去凝视星座的队伍

并详述法律的惩罚。

一座孤独的针状塔楼

站立着，在一个街道转角放哨，

那玻璃幕墙的大道，房间

叠着房间，守卫着沉默；

有趣的，坦率的一大群

年老智慧的人从人行道上往下看。

在一束金色的光线中，关于那个

他们注视的穿顶，智慧的老人们，

寻找着真相，考验着那

从父亲们传递到儿子们的社交网络的模式。

还有那群集的人类的嘟哝声

被这个神圣的兄弟会听见了。

像一本黑色页面的书

这个城市把天空分成两半，

而夜环绕的空虚

变得更巨大，还有一个更深邃的蓝。

在这些厚重玻璃的透明街道的深处，

在深处，

幸运数字的队伍伸延着他们自己，

在一个有天堂之火的地方。

撕毁着生命那粗糙的茧，

大量在宏伟球面及穹顶之下的

明亮透明的窗户

将讲述大量已逝的景象，

将讲述已逝时光的梦想。

在这陡峭的墙壁，高耸的庙宇，

人类种族的父亲们

出现在穹顶边缘；

但是他们的脸庞，像窗户，

像一张网，不能阻止那光线。

在这个黑色的突出的，像合唱团一样，

那新仪式上的人们站立。

在铁路上移动着的钢铁平台

运输拥挤的人群，

一座玻璃宫殿，挺立着犹如一根老人的拐杖，

举起它拥有的轴线，孤独地面对乌云。

充满活力的环城公路运输着寓所空间，

阳光空间接着阳光空间，微笑的回廊单元的

一个银色赞颂，便利地固定在位置上，

蓝色的光滑玻璃的家园。

还有，投掷着光线进入这些峡谷，

最骄傲的顶峰的全盛时期，

高高的柱子盛开着

夏日闪电中被包裹着空阔寓所

它为不朽的音乐吹奏长笛

钢绞绳的合唱，捆绑得笔直，

从你的高度奔流而下！

我将永远记得

那透明墙壁的快乐，

刷亮这个城市的快乐，你缠绕着；均匀移动着

在这个小隔间和网格组成的网络上，

在这些玻璃书籍之上，打开它们的书页，

在这些轴线的针状高楼之上，

在这简朴的外表面的森林之上，

书籍的建筑，页面的宫殿，

在展示的玻璃卷轴，

整座城市是一个纯粹的反射窗口，

不妥协的命运手中的长笛。

就像驳船运输车的肩带一样

疲惫地拖着他身后的天空，

你把玻璃峡谷投掷得很远很远，

你已经剪掉这玻璃卷轴的页面

并且打开它，像一些巨大的书。

一波又一波的透明编织，你一个又一个地卷曲

一层又一层，你堆积得精疲力竭；

你说着，然后词语在狮子的嘴里回响；

你在大量镜子的碎片中成倍增加。

（1920）

"亚洲,我已经使你成为我的痴迷"

亚洲,我已经使你成为我的痴迷。

就像少女们触摸她们的眉头,我抓住雷暴云;

我理解你的夜间谈话

就像我将伸手抓住温柔而充满活力的肩膀。

他在哪里,那个预告新的一天的人?

但愿亚洲的头发在深蓝色的溪流中

将会淹没我的膝盖,遮盖我,

一个少女低声秘密地谴责

然后在安静中狂喜的呜咽

并且用她辫子末端擦去她的眼泪。

她已在爱中!是的,煎熬着!

她是宇宙的黑暗灵魂!

然后将再一次感觉洪水泛滥我的心

并且点燃那儿大灾难的吵闹,

关于摩诃毗罗①,琐罗亚斯德,西瓦吉②,

包裹在骚乱和反叛中。

---

① 摩诃毗罗(前540—前468),原名筏陀摩那,印度耆那教第24代祖师,他被尊为耆那教真正的创建者。其弟子们尊称他为摩诃毗罗。

② 西瓦吉(1630—1680),17世纪率领马拉塔人勇敢对抗莫卧儿王朝大军的印度民族英雄。

我将变成教义问题的创造者，

像他们一样，成为教义问题的创造者，

而你将弯腰解开你的头发

像堆在我脚边的钱币，

又低声说："告诉我主人，

这不是这个

我们俩将会去的日子，最终

自由去寻找那道路？"

（1920）

亚　洲

永远是奴隶女孩，你青铜色的胸脯

有着君主的胎记；

替代一只耳环，你的耳朵闪着光

　　　　像是政府的印章。

带着一把剑的女孩，天真无邪的想法，

或者一个老太太，暴动的接生婆。

你翻开这本书的页面

这本书的笔迹是那海洋之手用力地书写。

人类闪耀在它的深色墨水中！

沙皇被射杀了——一个感叹号！

欢欣鼓舞的军队是逗号，

还有省略号？就是一块

疯狂的不受抑制的怒吼的领地——

那人民的愤怒，没错——

被世纪之间的裂痕加了括号。

（1920）

那唯一，那仅存的书

我看过黑色的《吠陀经》，
《古兰经》和《福音书》
还有蒙古人的书
在他们丝绸板上——
全部由尘土制成，大地的灰烬，
那香喷喷的粪便
卡尔梅克妇女每天早晨用它当燃料——
我看见过它们变成火焰，
成堆地倒伏，然后消失
洁白犹如团团烟雾中的窗户
为了催促
那唯一，那仅存的书的来临，
它的书页是浩瀚的海洋
闪动着有如蓝色蝴蝶的翅膀，
那丝线标示着
读者停在他凝视的地方
是深蓝色洪水中所有伟大的河流：

伏尔加河，那儿的夜晚他们唱着拉辛①的歌，

黄色尼罗河，他们崇拜太阳，

扬子江②，带着人民缓缓流淌，

盛气凌人的密西西比河，扬基佬趾高气昂阔步向前

穿着缀着闪亮星星的裤子，是的，穿着

布满星星的休闲裤，

还有恒河，黝黑的人民是心灵之树，

还有多瑙河，白人穿着白衬衣

他们的洁白倒映在水中，

还有赞比西河，它的人民比长筒靴还黑，

还有暴风雨般的鄂毕河，他们砍劈出他们的神像

并让他反转面向墙壁

每当他们吃被禁的肥肉时，

还有无聊，无聊的泰晤士河。

人类的种族，你们是这本

封面承载着创造者签名的书的读者，

我名字的天蓝色字母！

是的，你，粗心大意的读者，

抬头！当心！

你让你的注意力懒散地走神，

犹如你仍旧在慕道班③。

① 斯捷潘·拉辛（约1630—1671），俄国农民起义领袖，顿河哥萨克人。
② 扬子江，长江从南京以下至入海口的下游河段的旧称，流经江苏省、上海市。
③ 慕道班，基督教用语。慕道班是想要参加受洗的人，先要进行基本教义的
　 培训，慕道结束进行考问，合格的才可以受洗，受洗以后就是基督徒了。

很快，非常快你将读到
这些山脉，这些浩瀚的海洋！
他们是那唯一，那仅存的书！
鲸鱼从它的书页跳跃出来，
那雄鹰的翼梢扫弯了书页的边缘
当它俯冲穿越海浪的时候，那大海的
胸膛，在鱼鹰的床上休憩。

（1920）

当　代

标语项链般挂在墙上

说："……格杀勿论！"

然后仇恨的火焰燃烧起来

在全体新娘前面，

那个农民拒绝去拖拽他的日子

进入筋疲力尽的城市，

然后突然那儿有了新闻：

哥萨克人领袖的药片指示

为了任何值得珍视的过去。

死亡耗尽我们从前的游戏，

我们的现金和即时利润的时代。

我们已经忘却如何去爱，忘却

那儿曾经有亲吻过我们父亲的女人们，

当火车带着他们警示的眼睛，

他们眼睛的火焰摇曳的午夜，

撞碎了牛棚。

谣言接踵而来，

然后在聋哑人一阵令人窒息的叫喊中，

一个意思颤动："起来靠着墙！"

像鲸鱼喷射水汽，

泰戈尔和赫伯特·乔治·威尔斯出现，

但是收起你的黑帆，航海者：

由这世界的众星去掌舵。

一个世纪我们认为智慧的法则

不过是用来掩饰杀人者的刀；

所有他们的谈话被设置成扭曲的形式

像克鲁乔内赫出版的一本书。

（1920）

"两只莫斯科成虫"

两只莫斯科成虫，

演绎神秘的戏剧：

马里延戈夫的

赤裸钉起……

叶赛宁的

变形……

（"然后上帝变出了一只小牛，

并且把他卷进

一件狐狸皮夹克！"）

（1920）

致亚历山大·克鲁乔内赫

地狱游戏[1]，天堂里的辛勤劳动——
我们的第一堂课非常好
一起，记得？
我们在浑浊时间里像老鼠一样啃着——
在这迹象中你会征服！[2]

（1920）

---

[1] 地狱游戏，赫列勃尼科夫和克鲁乔内赫合著的诗意滑稽剧，发表于
1912年。
[2] "在这迹象中你会征服"一句原文为拉丁文。

"有人乖张，有人古怪"

有人乖张，有人古怪。

时光开始朝着秋天吹来。

加里的小屋划分，

装格栅的工作摆在他面前，

喧闹，大肆宣传，以及时髦的高呼万岁，

一个比最后审判日更大的冲击波！

而这儿，在他现在悔恨的潦草笔迹里，他

被他的死对头戈罗戴特斯基所吸引。

嘘—嗒—嗒！仔细倾听！

以另一种声音解决问题！

（1920）

"像一群羊平和地吃着牧草"

像一群羊平和地吃着牧草
他们在他们的盒子里安睡。
火柴。一旦他们是上帝，喷着神圣的火。
一根小枝丫，它含硫黄的头颅干掉的水滴——
这是人类祖先的恐惧，
那个火的荒野之神，那悲伤的眼，
红色头发的飓风
闪电降临在我们祖先稻草顶盖的房子之上
橡树劈裂，熏烧，
妇女和孩子，老人
以及深色头发的女孩，他们飞扬的辫子，
他们全部逃至森林，掉头去看
并哭喊着，伸着他们的双手到天堂，
在森林里向着尖锐的牙齿，向着那毒蛇咬人
的咝咝声和战栗，一顿给蚊子群的大餐。

洞穴燃烧着熊熊野火：
金舌头和绿舌头，以及蓝舌头灼伤。
那深红色的上帝，绿色的邪恶正肆虐
在他偏执的红色轮辋的双眼；

他曾被一个女人的棍子打过，现在却举起一根扭曲的棍棒：

他的愤怒摧毁了和解。

街坊邻里从他们的洞穴奔跑出来，掠夺那村庄

长矛和刀，叫喊着战争！

"上帝与我们同在！"那战争喊叫着！

当他们从上帝那儿抢掠的时候

他的棍棒和他的红色长发。

"上帝与我们同在！"——在那森林里

那些被烧光了的村民哭泣着。

我们咆哮的祖先，像狼一样狂野，

看着他的房子变成灰烬，

全都没了，除了那些炭块，一团纷乱和喷溅的火星。

除了一手捧的焦渣。

狼眼凿刨着

黑暗。女人们哭泣。

那好房子，那房子里的好东西，没了——

那土豆烤面板和成行的鱼，长矛

和鹿肉，美味地吃。

他逃到小山岗上，迅疾离开。

现在他们的后代唱着战争的歌谣——

"我们与我们在一起！"——并且发明火柴，

那样意味着他们同样地像上帝

还有愚蠢。

去征服光线通过把它关在

如此狭窄的限制里！

"我们与我们在一起！"听着他们混乱的哭叫
甚至在他们死去的那个时刻。
知道那些！记住：我们与我们在一起！
这些是发明火柴的人——
神性的驯服族群，
最终被囚禁的火之上帝，
那胜利是伟大的，同时也是糟透了的。
他们已经降服了火
为了炉灶和机器
从满满的风暴中，胁迫的天堂，
那个原始的火柴盒子他的火柴
仍然威胁这个世界。
火羊挤着，金色的羊毛，
他们在他们的盒子里一个挨一个地躺着，平静地睡着。
但是一次像一只剑齿虎
他们撕碎男人，刺穿他们咬碎他们，
恐怖地照亮他们的金色鬃毛。

现在我自己，贪婪地去收集我的胜利，
也将从事另一项严峻的任务！
我将发明那宿命的火柴，
宿命的安全的火柴！
我将用宿命浸湿我的思想，
我将浸泡它点燃它！
"我们与我们在一起！"宿命的火柴，
命运的火柴，宿命的火柴，

谁将是我的同志？
我将擦燃点亮宿命
就像我必须的那样
因为这关乎生死。
这是宿命的第一盒火柴！
它在这儿！就在这儿！

（1921）

"涅瓦河了解最后的晚餐里那些眼睛的眼神"

涅瓦河了解最后的晚餐里那些眼睛的眼神。

这儿，救世主的血

昨日混杂了

北方的躯体

在陈腐的黑面包中。

爱情像河流之上的灰尘那样躺着

劳动者的爱，一个作家的爱。

涅瓦河知道那眼神

在最后的晚餐里那些眼睛的眼神——

在她的铸铁马匹中，

那些关于她的斯特罗加诺夫宫的

严峻的石雕作品。

疲倦之海的床

犹如河堤般升起，

蛛网缠绕着

沙皇们的坟墓。

当傍晚桥上的

三重灯点燃，

河流奔腾着红色。

一个亲在嘴上的吻。

（1921—1922）

"女孩就是——"

女孩就是
用黑靴般的眼睛
蹂躏我心中花朵的人。
那些女孩睫毛低垂
像越过她们眼睛水池的长矛,
那些冲洗她们双脚的女孩
在我诗篇的池塘里。

（1921）

"晚上周围变暗"

晚上周围变暗
白杨伫立在它的土地上
大海有话要说
而你已在远方。

（1921）

恩泽利①的复活节

所有这些有着金色眼睛的绿色花园——
恩泽利的花园。
这儿有橘子树，酸橙树
金色露水
洒落在幽暗枝头，
还有金鸡纳树，
它淡蓝色的树皮上
爬满了蜗牛。
巴库没有酸橙树，
那儿只有纳尔京②精炼厂
毒害着鱼儿，
六须鲇和鲟鱼。
在睁大眼睛的天空下
我已经听过关于
深海潜水员发疯的故事。
黑暗。安静。
天空是深蓝色的。

---

① 恩泽利，伊朗吉兰省境内的一座城市，伊朗最大的里海港口。
② 纳尔京，里海上的一座岛屿"别尤克-济里亚"的旧称，位于巴库附近。

那小小的流浪的太阳出现了

并且将一块酪乳般的天空镀了银。

一个亚美尼亚人经过，

拖着一桶

给别人的吉吉①。

一群哥们儿，臂挽着臂，

吼叫着一首醉酒合唱，源自那首

关于拉辛的波斯公主的歌——

他们不到早晨不回家。

一声霹雳，歌声停止了。

听，一条船的号角，**托洛茨基号**：

托洛茨基号正在靠近码头。

早晨。他们睡觉，他们打鼾，

当歌唱的波浪拍打着河岸的时候。

早晨。一只乌鸦高高栖息在

一棵橘子树冠，

向俄罗斯大妈呱呱叫

像库尔斯克夜莺般，

声嘶力竭。

回家，去北方，

他们称他们为鸣冤者；

我曾记起一个来自伏尔加平原的

野蛮的卡尔梅克人，

乖戾地对我说：

———————

① 吉吉，一种葡萄酿制的伏特加酒。

"给我更多钱，一些
在它们上面和那鸣冤者一起。"

我的双脚，在哈尔科夫筋疲力尽，
在巴库布满伤痕，
被街上的孩子和老太太们嘲笑，
现在我在伊朗绿色的河水里洗干净，
在布满石头的水库里充满
黄金多于火的鱼，
回响着橙子树
在无尽的驯服的畜群中。
在佐尔加姆的峡谷
我剪了头发，又已经长长
从哈尔科夫，从顿河
和巴库——我的深色鬈发，
思想和欲望的一种纠缠。

（1921）

伊朗的歌

沿着河流往下走，经过老伊朗，

经过绿色清凉的涟漪

经过黑暗深邃的堤岸

那儿甜蜜的水流淌，

一对流浪者一整天都在走，

走着，挥舞手枪，说着，

边走边射击鱼儿。

且慢，亲爱的……抓住他！就在两眼之间！

两个男人[①]走着，两个男人说着……

我几乎确定我正确地想起这些。

他们煮了鱼汤，但他们并不经常煮，

"必须得相信，这是一个马口铁罐头生活！"

远远的高处一架飞机正飞行，

在天空的魔毯上。

那毯子的二代表亲在哪儿，

那用食物覆盖了它自己的魔法台布？

---

① 两个男人，这两个人是诗人和他的艺术家朋友多布罗科夫斯基，他们为伊朗红军绘制宣传海报。

那台布已经在运输途中被延误了，

也许甚至迫降在监狱中。如今我总是知道

童话故事能成真：.

今天冷酷无情的事实曾经是童话故事。

而我理所当然地相信伟大的日子正在来临，

但是在它到达这儿之前我将在地下六英尺①！

当那伟大日子到来并且他们聚集在远处的时候

旗帜开始在前面挥舞起来，

我可能会从死亡中醒来

但是到那时我将是一把布满灰尘的枯骨。

我会把我所有的权利扔进

未来的熔炉吗？

嘿你这干草地，枯萎变黑！

河流，永远变成石头！

（1921）

---

① 英尺，英美制长度单位，1英尺合0.3048米。

波斯之夜

海岸。

天空。星星。我安静地仰面躺着。

一个没有羽毛的枕头，也没有石头；

只有一只水手遗弃的鞋子。

像萨莫罗多夫[1]在那些红色日子里穿过的

当他在大海上提出抗议的时候

并且开动白人的船去往克拉斯诺夫斯克——

进入雷德沃特。

天要黑了。天黑了。

"同志，帮个忙！"

一个伊朗语的呼唤，铸铁的颜色，

从地上聚拢着灌木丛。

我拉住他的皮带

帮他把东西吊起来。

"萨乌儿！"（或者多谢，正如我们会说的。）

他消失在黑暗中。

我在黑暗中轻声呼唤着

---

[1] 萨莫罗多夫（1897—1942），是一位布景设计师和水手，赫列勃尼科夫于1921年在巴库遇到了他。

马赫迪①的名字。

一只甲壳虫冲出黑色的

澎湃的大海，

直冲着我飞来，

在我头上盘旋两圈，

收起它的翅膀，然后盘踞在我的头发中。

它一开始沉着而安静但

突然地开始制造它的声音。

它确定无疑说了它必须说的

而我们也能互相理解！

用甲壳虫的声音签署了

一份夜晚和黑暗的契约。

然后他举起他的翅膀，他的风帆，

飞走了。

大海抹掉他的声音

和沙滩上吻的痕迹。

这一切都发生过！

正如在这儿我告诉过它。

（1921）

---

① 马赫迪，意为"导师"，是伊斯兰教教典中记载的将于最后审判日之前7年、9年或19年降临世间的救世主。

吸鸦片的人

用空白墙上的眼镜工作

蹲在明天的课上。

渴望使真相得以不言而喻地运转，

热浪袭人的街道的秘密角落

充满了隐秘故事，肮脏的巢穴

那儿一声冷枪响起！……不，只有呻吟

很快将所有智者从梦中拖起来

他们日复一日干着每天必须做的事。

除了吸吮甜蜜的蜂蜜，他还吸吮干燥的嘴，

带着这毒液犹如带着他朝圣的雇工

出发去寻找梦里昏昏欲睡的彼岸。

紧接着，那神圣火焰的光辉，

那正击打在炽红柔软的铁块之上的锤子，

所有一切全消失了。那幻想的装甲板

封存起一个清醒的思想。

在这些平原上只有锁链生长，

但是现在他什么都听不见，街上没有声音，

没有夜晚，迷人的，被浪费的词语的花朵，

昨天，也没有声音预言空虚，

那每天怅然若失的舒缓的大海声音。

被遗忘，它的所有。工作消失

于思考的烟雾中，在熟悉喜欢的梦想中……

但是这个烟雾的铁链中的俘虏

被他欲望的云雾所捕获，

并沿着他昏昏欲睡的道路走下去

到天堂，那天堂的烟熏仪式，

那儿人们消失了。亚当是孤独的。

这几乎是白天。黎明在夜的破裂中冒泡

然后看见了吗？又一个奴隶。他去上班。

但是同样的彼岸仍在召唤，

在铁链的债务中他仿佛

一条船随波逐流，在夜晚烟雾飘浮的伏尔加河上。

（1921）

波斯的橡树

　　　　　设置如一个空的水壶

　　　　　在纠缠根茎的一张桌布之上，

　　　　　一棵橡树伸展着张开百年的叶子

　　　　　在一个隐士洞穴边上。

　　　　　它窸窣作响的枝条

　　　　　听起来就像协议

　　　　　之于马兹达克①与马克思。

　　　　　"哈——嘛——哦！"

　　　　　"哇！哇！哈——甘！"

　　　　　豺狼跑，催促着

　　　　　彼此像狼群。

　　　　　但是从拔都年代传承来的歌曲的回响

　　　　　令枝条战栗。

　　　　（1921）

---

① 马兹达克（约470—529），波斯琐罗亚斯德的异端教派马兹达派领导人。
　其教义包括财产的公平分配，煽动民众反对萨珊王朝的君主科巴德。

"一头狂野老迈的鬈发"

一头狂野老迈的鬈发，

一片深色的被开垦的土地——他的前额。

沼泽地中烧焦的树桩——他的嘴唇。

一只野山羊的乳房——他的络腮胡子。

一个锚索——他的八字小胡子。

拿着一把黑色扫帚的白雪公主——他的牙齿。

他蓝色的眼睛满是无眠的夜，

像一块旧毛毯上的孔洞。

（1921）

"我曾看见那年轻的男人，那年轻的先知"

我曾看见那年轻的男人，那年轻的先知，

正躺在森林瀑布边的清澈沙滩上。

那儿苔藓覆盖的树木立在坟墓上犹如夕光中的老人，

在生长过度的蔓藤绳索上诉说着他们的面包。

像一个清脆的母亲和弦，一根铁链掉进深渊，

脆弱的母亲们和女儿们的生命①

生于瀑布，那儿水的母亲

和她的孩子们换了地方。

在下方，河流窃窃私语。

树的枝条像聚集成群的蜡烛

填满峡谷的空洞，还有它的悬崖峭壁

被刻上诸世纪的字母表，

在白色浪花下的怪石

形成一个森林女孩的肩膀，

这个赤裸圣人来到海外寻找。

他曾发誓要成为拉辛的反面！

他会再次把公主扔出船外吗？

反面拉辛的幻想！

---

① 生命，原文为希伯来语。

不。永不。因为这些高耸的树木是我的证人！

在这冰冷的世界浸透他自己，

学习生命冰冷的思想和言语，

冰冷的身体，另一个世界的思想和言语，

那年轻男人唱着：

"我已经把波浪变成女人，

并和我永远结婚

给佐尔加姆的*露莎卡*。

他只可以把一个女人变成一个波浪。"

那些树木低语着诸世纪的演说。

（1921）

"我是一排浪"

我是一排浪，我卷走
伊朗群山的白色面孔，
我看见我自己倒映
在交叉疾奔的螃蟹的
黑色警觉的眼睛中，
犹如一个近视的哺乳动物的女士
骑在她的驴子上，
还有她灰头发的父亲
将他的头隐藏在干净的衣领中。
我奔跑
和波浪一起，现在
被一条白鲸的尾巴
和海蜇分开，
还有爱因斯坦的广播
关于太阳的幽灵
在怀疑中被打印出来……
……
用字母A给我加上商标。
一道光扫到我并且给了我P。
我升起像一缕蒸汽

进入到空气中，

在烟中升高像一根茎秆，

像一棵白色的树，

一次在海边无辜的降生。

还有那暗藏诡计的东风

用翅膀的声音清洗我，

用北方的旋风派遣我。

我呵痒热带雨林

一个飞行员的小胡子

就像美国人的刷子，

还有那天上的马车转动的车轮

回响在我的双耳中。

露珠的影子消失

在夜的白色烟雾中。

一条着火的尾巴笨重地移动着越过

山脉有如一条露出牙齿的蛇。

在莫斯科我感觉到

在雪中，醒来

听见从弹药库

传来的枪击声。

这儿我融化进入

从一个女孩的眼睫毛中

滴落入雪中的眼泪。

在雪中我离开

那带有勃留索夫特征的诗人。

我在奥卡河上起航

去往下诺夫哥罗德。

渔夫紧紧跟随我

带着他们的灰眼睛，超越我

他们跟随沿着渔网移动的

梭子鱼。

在下诺夫哥罗德我兴奋

不管愿不愿意，

伏尔加—伏尔加，

在一个年轻人的口中

而且穿过赫列勃尼科夫的

腹部，

然后我升起犹如一道光的射线

去往一颗星星，

然后一个科学家

说：

注意看一颗未知星星

的这个碎片。

研究他：你可能因此破译

那星星上

生命的整个进程。

我在那儿找到叶状人

（它们是等边三角形的）

带着分岔的尾巴

它们靠弹跳移动，

像球。

（1921—1922）

"夜的气息，吸入星光"

夜的气息，吸入星光
进入我疯狂的鼻孔，
钉床上的破浪堤，
喋喋不休以致唾沫横飞。

一个人经过，你，和在你头上
一件草绿色穆斯林头巾——
我认出我的老师，你的脸
被篝火烧成黑色。

还有另一个途径，
像整个亚洲一样疲惫。明白吗？
他手里拿着
一朵小小的红色花朵。

（1921）

"埃及太阳神"

埃及太阳神，在锈色的沼泽之水看见他自己的眼睛，
想象他的梦想和他自己
在小老鼠安静地一点一点啃着的沼泽地青草中，
在小青蛙正吹着苍白无力的泡泡中，他男子气概的标志，
在沿一条红线切割开的草绿色田野中
在那幅一个女孩为了燃料和家庭
用镰刀收割芦苇的画面上，
在摇摆着游进水草的鱼流里，
　　尾巴拖动出小泡泡。
他的眼睛浸在伏尔加河中。
埃及太阳神，延伸进入数以千计的动物和植物中，
埃及太阳神，谁的叶子有生命：蹦跳奔跑着，思考着，沙沙
　　作响着，呻吟着。

伏尔加眼睛！
埃及太阳神-白葡萄酒！
一千双眼睛注视他，一千支白葡萄酒。
还有拉辛，
那个正洗着双脚的人，

长时间直直盯着埃及太阳神，

直到他脖子上的皱纹变成一条血红色的线。

（1921）

"聚精会神地，我阅读春季的神学思想"

聚精会神地，我阅读春季的神学思想
　　　在树蛙有斑点的脚上密谋，
荷马被一场伟大战争可怕的四轮马车所撼动，
　　　一个脆弱打击的方式，当四轮马车跑偏。
我有同样的尼安德特人颅骨，同样弯曲的前额
　　　和你一样，老沃尔特①。

（1921）

---

① 沃尔特·惠特曼，赫列勃尼科夫从科尔内·楚可夫斯基的译本中读到惠特
曼的诗歌，并将他视为自己富有远见的前辈之一。

俄罗斯和我

俄罗斯已经同意授予自由给成千上万的人。

那是一个了不起的举动，

人们永远不会忘记。

而我则脱掉衬衫

还有所有那些闪光的摩天大楼和我的缕缕头发，

在我城市肌体里的

每个人，

突然拿出他们的横幅和旗帜。

所有的市民们，"自我"这个政府的

所有头发卷曲的男人和女人

火速赶往窗前聚集，

所有那些伊戈尔和奥尔加斯①

没有人告诉他们去干这个，

他们在阳光里狂喜

透过我的皮肤偷窥。

我衬衫的巴士底狱已沦陷！

我所做的全部是脱下它。

---

① 伊戈尔和奥尔加斯，分别为《伊戈尔远征记》中的男主人公和女主人公，
此处借指俄罗斯人。

我已经将阳光授予"自我"的人民！
我赤身裸体站在海滩上，
我就这样将自由带给我的人民
和晒黑的民众。

（1921）

克鲁乔内赫①

一种伦敦感觉的小幽灵，

仍然是一个三十岁的小孩，翼领衬衣以及所有的，

神气的，活泼的，灵巧的。

你保留西伯利亚人的后缀，那"乔内赫"，

拴住你的名字像一堆岩石上的囚犯。

你拿走其他人的主意，重复它们

直到击打它们至死。

那一张"英国佬"的面孔——

或者也许是一个被契约束缚的簿记员

厌倦了他的账本。

暧昧文本熟练的编辑，

懒惰，不刮胡子，邋遢，

但有一双女孩般的眼睛

充满温柔，有时。

无尽的八卦，尽管它们来得很蹊跷，

一个隐私的爱好者。

---

① 这首诗反映了赫列勃尼科夫对克鲁乔内赫的复杂感情，虽然后者承认前者
作为未来主义导师的天才，但他对克鲁乔内赫借用他人想法进行创作的方
式感到不安。在手稿的页边空白处，赫列勃尼科夫写了"危险"，并于
1922 年写了一首诗，公开指责克鲁乔内赫抄袭。

你这迷人的作家，

比布尔柳克还坏两倍！

（1921）

布尔柳克[①]

你手里拿着一个肥大的画刷四处飞奔，

还有你的红色法兰绒衬衫和双颊红润的脸庞

对于慕尼黑的街道是一个永恒的冒犯。

你的绘画老师

叫你

"从俄罗斯面包篮中来的，

一匹狂野的母马"。

你只是笑，

你的肚皮被欢乐的风暴摇动

那来自俄罗斯面包篮的强有力的风暴。

你知道你的长处，那狂野的"哈——哈"

是你回应一切的方式。

独眼画者，

正擦拭你深色玻璃的眼

用一条手帕，画着"那么——我——我……"

[①] 大卫·布尔柳克（1882—1967），诗人，画家，未来主义的不懈推动者，诗人的朋友。他出生在哈尔科夫，曾在莫斯科、敖德萨、巴黎和慕尼黑学习。

然后在一只有玳瑁色支撑架的
单片眼镜后修正它,
然后像一个钻头
从你的玻璃装甲板后面,你的战壕,
瞄了一眼,还有一种不相信"那么——我——我……"
你把你的访谈者戳得满身洞洞。

你可以立即变阴沉,怀疑
那独眼
给你无穷力量。
你永远不会透露你的秘密:
那无生命的水晶球曾是你的密友,
帮助你预测未来。
无论谁面对你都会对你的意志着迷,
立即被那些黑暗呆滞的深渊所蛊惑。

你的兄弟姐妹,都是强势的嘲笑者,
有着巨人般的身体
和奶油酥饼般的肤色:
他们看起来像几麻袋的全谷粗粮。
塞满了健康,
这个独眼艺术家修理眼镜的圆纹
像一个第三只眼在他看不见的眼睛前。
有时南方的逃犯之歌
在收音机里响起,然后一只窗户外的寒鸦
飞进来看看发生了什么。

同时，窗户四面八方地格格打开

去倾听咆哮的布尔柳克。

大量油画布堆放在墙边。

它们闪烁着各种圆、角和环：

一只黑乌鸦，它的喙闪闪发亮；

深红色油画布被挂在绿色画布边上，痛苦的黑暗；

其他画布起伏如山丘，他们粗糙

蓬松的表面像黑绵羊般战栗着；

小片的镜面和金属在它们的大衣里微微发光。

你的画刷成堆地躺在画作上，像

血液凝固的沉积。大片各种颜色。

那全是各种装置的展示，那是

勤奋的方法和经验之上的字迹。

它的全部仅是由布尔柳克的死亡之眼投掷的一句咒语。

是什么力量令你变跛

仍然是未知的力量，

带着傲慢的权威声明：

"布尔柳克是一把下等的刀

在可怜的艺术后面。"

巴拉索夫是否砍了一道漂亮的斜杠[1]

（在很久以后这样做了）

在伊凡那张可怕的脸上？

---

[1] 1913年1月，精神失常的巴拉索夫砍坏了伊利亚·列宾的著名画作《伊凡雷帝杀子》。

俄罗斯，那永远不断扩张的大陆，

已经放大了西方世界的声音，

犹如重复一只怪物的哭叫

放大一千倍。

你这肥胖的巨人，你的笑声从

俄罗斯的一个尽端到另一边卷制成型。

你，一捆第聂伯河

被河口的拳头紧握着。

一个为了人民的权利，针对庞大的艺术的斗争者：

你已给予俄罗斯的灵魂

一个出海口。

绘画世界奇怪的崩溃

是自由的先兆，自锁链中的

释放。所以艺术行军前进

到伟大的沉默之歌，

而你像一个举重者向前推进

穿越大草原肥沃遥远的土地，

给农民一个

最终土地归他们所有的希望，

而它山脉般的谷仓被阳光镀上金色

给予那些愁苦的外出打工者希望。

第聂伯河入海口的丰收禾捆，

甚至那些人状泥块

顺从你。

你巨型心脏的节拍

还有你独自一人肥腻的大笑

使大块铸铁的波浪浮动起来。

你唱着复仇和悲伤的歌。

你已经探索着挖洞进入

那铸铁财富的古墓，

并且像一个英雄

从你古老故乡的墓地里浮现。

（1921）

"我像蝴蝶一样来了"

我像蝴蝶一样来了
进入人类生活的殿堂，
并且一定会溅到我灰蒙蒙的外套上
作为它阴冷的窗户上的签名，
透过命运的窗玻璃。
人的生命如墙纸一般
充满沉闷又无聊的
叶子的图案；带着我的尘埃
我必须铭刻我的生命
在命运的窗玻璃上，
在命运凝视的眼睛上。
要是我能找到一扇通往其他世界的
敞开之门该多好，那儿鸟儿歌唱
而风是蓝色的，而每一件事，
甚至死在一只豆娘的口中，
也是甜蜜的。
我的尘埃永远消逝，
我的翅膀永远褪色！
这些不透明的窗户！
在更远处，他们闪烁和振翅

那蝴蝶之爱

看着蝴蝶之爱

怎样在微风中舞蹈！

我已经磨损

我明亮的蓝色光辉，我的点状图案；

蓝色风暴从我的翅膀掉落，

它们明亮的微尘永远消逝。

僵硬，没有色彩，

我消沉绝望

在人类世界的那些窗户上。

一个开花的数字的枝丫刮擦着

在这异域住所的窗户上。

（1921）

"梦想替身的疲惫翅膀"

梦想替身的疲惫翅膀，

蓝色天空替身的河流，

不在此地的名望，不在那儿的呼唤，

漫游，这些飞行的雏鸟

慢慢飞离进入它们的梦想，

云朵覆盖的航线正转移，

匆忙地徘徊，像深蓝色的提米尼科夫。

他们年轻光辉自在的歌，

他们暗淡的阳光嘎吱作响的音符——

他们是明亮蓝色的静默大地，

这些从来没有逃离过的东西

飞走进入他们的永恒大地。

（1921）

"命运隐藏她的哈欠，翻滚开去"

命运隐藏她的哈欠，翻滚开去，
再一次我们
脸朝下睡觉
用我们的牙齿撕开枕头套：
我们唯一天然的部分就是那土壤。

该死的！笨手笨脚
在书架边缘那儿，
深海潜水员，盯着星星——
我们在寻找什么？

我们乘着枕头飘到天堂，
一条手指般弯曲的尾巴，这是唯一的线索
把我们带回行星地球；
我们钢铁的身体前后弯曲

在我们彻夜疯狂中
陷入天空。命运诱惑我们
进入黑夜无底的空虚。
这是我们的最高成就吗？

透过脸的格栅我们看见天空，
在我们的狂怒中重击我们的头盔。
那又怎样？命运合上梦想之书，
轻蔑地对着我们打呵欠。

像喝伏特加的酒鬼，我们渴望
上面的酒吧，那十二宫俱乐部，羡慕
夜晚神圣的升华。
该死的！我们之间的这格栅！

想想关在笼子里的猩猩，对人露出它的牙齿。

（1921）

"宝贝儿，生命如此宽广美丽"①

宝贝儿，生命如此宽广美丽
你的眼睛永远不会累吗？
我想叫你弟弟，你让吗？
如果你这样做，我用我的蓝眼睛发誓
我会举起你的生命之花，保护它。
你和我都一样，我们都是从云端下来的
正如你一样，这世界持续引起我的悲伤。
我不是他们想要的，从来不是，
我是孤独的人
没有人会爱我。
让我们做兄弟姐妹。你愿意吗？
我们都是自由的，大地也是自由的，
我们不害怕他们的法律，他们不会伤害我们，
我们将制定自己的法律
并用黏土塑造自己的行为。

---

① 这首诗是写给朱莉娅·萨莫罗多娃的，她是赫列勃尼科夫 1920 年在巴库
遇到的艺术家。从波斯回来后，他与朱莉娅和她的妹妹奥尔伽在高加索度
假胜地切列兹诺沃茨克待了一段时间，并在那里创作了这首诗。奥尔伽在
回忆录中指出，朱莉娅是一个害羞的、超凡脱俗的生物，赫列勃尼科夫曾
经对她说："我们都是从云端下来的。"——这句话也被写进这首诗中。

你是我的花篮，你是美丽的，

我知道一切都很温柔很突然

当你谈论索契和阳光时

当你这样做，你的眼睛瞪得大大的。

我一直都在怀疑我所有的生活

但我现在相信，瞬间和永恒：

在我们前面开辟了一条小径，

没有人能永远掩盖它。

让我们避开许多无用的词。

我将是你的长发牧师

只做弥撒。

我们将喝纯净的海水，

而名望永远不会伤害我们。

（1921）

"这一年女孩们首次叫我'老爷子'"

这一年女孩们首次叫我"老爷子"——
而她们的声音和表情给我的是怠慢
好像我老了——她们贬低我
因为我的身体，一只毫不羞涩的盘子
也许是碟子，但还没吃完——
在纳尔赞河的那所疗伤的房子里
我冲洗我的身体，
变得越来越强壮
把我自己再一次拖拉进
男人身体里。静脉重现在我的胳膊上，
我的胸部变得更强壮，
而柔滑的丝绸一样的毛发
开始覆盖我的下巴。

（1921）

"虱子有盲目的信仰，他们向我祈祷"

虱子有盲目的信仰，他们向我祈祷。

每天早上他们聚集在我的衣服上，

每天早上我都要惩罚他们

听着他们爆裂和死亡。

但他们一次又一次返回

在一种平静虔诚的波浪中。

（1921）

"俄罗斯，我给你我的预言"

俄罗斯，我给你我的预言

纯洁的头脑。成为我。成为赫列勃尼科夫。

我已在你们人民的思想深处

扎下根基，我制定好一条轴线。

在坚实的地基上我建造了一幢房子。

"我们是未来人。"

作为一个乞丐，我做了所有这些，

一个小偷，一个被诅咒的人。

（1921）

"以大规模屠杀的抓钩"

以大规模屠杀的抓钩，我将摧毁旧的国家秩序，

以生病的墨水，我就能证明粗糙的草稿，人类手稿的页面；

随着大火灾之后撬棍的流行，我将铺设房屋的栋梁，国家的

　　非金属基础柱，并装框建起一幢新寓所。

我将用肺结核的钢锯建造一座新大厦，

我将消灭一个新国家。

我将用伤寒症的粗齿锯从墙上扭下钉子，

因此，我将扩展我自己，我伟大的自我，

戴上你的太阳如同我手指上的戒指，

通过一只小公狗眼泪的透镜检查它。

（1921）

"鞠躬！哇！哇！"

鞠躬！哇！哇！

黑色的发辫

鞠躬！哇！哇！

奔跑的狗

鞠躬！哇！哇！

愤怒的雪

鞠躬！哇！哇！

镇子外面

鞠躬！哇！哇！

撕裂的死

鞠躬！哇！哇！

拖某人的腿

鞠躬！哇！哇！

拖某人的胳膊

鞠躬！哇！哇！

腹部的血

口鼻的雪

（1921）

"战争和野性吹开他的头发"

战争和野性吹开他的头发，吹起来
越过他的肩膀，从他的眼睛里。
在他演讲时恐怖的时光
被沉寂的光线困住，消失。

他略微弯曲的头骨前部，
粗粗的眉毛很硬。
他傲慢的嘴角从来不动，
抑制火山般的部族

她喜欢他是因为
流血的景象从未令他烦恼?

（1921?）

"错误是你们的，诸神——"

错误是你们的，诸神——
你们使我们成为凡人，为此我们痛斥你们
我们悲哀的毒箭头。
那张弓是我们的。

（1921？）

这棵树

1

在覆盆子灌木丛鲜红的目光之上，在比天空更蓝的欣喜的
　　信鸽之间，
你从柏林到孟买，追踪那荆棘之路！
当恶毒的秋天来临，夏天之子疯狂俯冲，
你们尖利的刺猛击，戳向眼睛，
刮伤奴性的人的脸庞。
沿着从莫斯科铺设到符拉迪沃斯托克（海参崴），西伯利亚
　　的钢筋网，
你像灰色夜哨一样穿越蓝色。
西伯利亚火车的路线，腼腆又青春如同他们匆忙地禁欲，
在蓝色中，在花瓣的悲伤中终结。
那儿午夜在大地鬈发般的橡树丛的镜像中，
虚无流动像一条河，树枝的路径被破坏
像骑士的疾驰，像被宣判死刑的囚犯的恸哭"陷入绝境"
争夺开阔的空间，萨满的眼睛明亮起来，
以你树枝黑色的树梢刺穿夜晚，
树，你恐吓了橡树丛：空间挂在你枝条的钩子上。
哥萨克骑兵长发飘动，飞越田野。

他手中的长矛因战争的炽热而颤抖。

你轻拍那漫天星斗的窗户。

但黑暗没有眼睛。

2

我发誓"我将带着愤怒报复我的邻居"。

嘎嘎作响的俄罗斯重头战棒，噢，夜间沙沙作响的枝条！

压扁夜莺。

你将夜晚的氧气旋转成一张结实的拖网

挑战苍穹！

带有一千片叶子的击棍，啪的一声重击的回响！

甚至月亮也在困惑：

在那张拖网的网洞中，

夜的色彩闪烁

带着鱼鳞阴沉的银色。

每个早晨尼采在森林中遥相呼应。

每个早晨，阳光明媚的贫困，

你摘掉眼镜，乞讨几便士！

那些星星——尤其在上方的那一颗——

聊了一整夜金发畜群。

这儿有打架斗殴，

还有一个歹徒拳头的

强有力的权利。

捕鸟者被星星困住，

你穴居人的手训练一张黑色的弓

在漫长的岁月里

你突然变得强硬，像一个

秘密杀戮的英雄。

在地面之下和之上，

那双面城市，它的千扇窗户

像鱼一样跳入大地和天空。

你直直地升起像一支哥萨克矛，

你在生存空间而战，似乎在寻求罗巴切夫斯基①式的空间，

而年轻人寻求一把剑宣誓。

戴着金色头盔

你的部队进入几乎黑暗的领域。

上帝在我们这边！勇士们骑行！

在这儿叶尔马克带领自己兵强马壮的部队

去征服蓝色的西伯利亚。

战争的孩子，用鸽子之歌装扮

在秋天你覆盖着黑刺李灌木丛，

你知道松树枝刮擦的声音。

交战的根，慢慢接近敌人，

那森林之路追踪银色的烟。

那儿：

树叶的大部队慢慢移动着

去围困天空。

几十年就这么慢慢过去

---

① 罗巴切夫斯基（1792—1856），俄罗斯数学家，非欧几何的最早发现人之一，曾任喀山大学校长。

他们取代了前辈的位置。

一根树枝夹在胳膊下，像战士的长矛，

像一只鸟，它的喙朝着蓝天完全张开。

（1921）

"空气在黑色的枝条上裂开"

空气在黑色的枝条上裂开

就像旧玻璃一样。

向秋天的圣母祈祷，

那秋天的彩色玻璃窗

被加速的子弹击碎，他们皱了起来。

一棵树像火把一样在金色空气里燃烧，

转动，弯曲。

秋天的钢铁在愤怒，

黄金岁月的火花。

森林里的祈祷会。突然

那蓬松的金色帽子脱落。

树木挺直像干草耙

收集满怀的阳光。

他们的秋天枝条图

俄罗斯铁路地图。

金色的秋风

把我吹送到四面八方。

（1921）

未来的莫斯科

在叮当作响的盘子的魔爪中，
比在猫头鹰爪子里的老鼠更寂静，
寓所的空间飞升
进入空荡荡的框架，仔细搜查
为了人性的蜂蜜，
遗弃的蜂巢
在蜂箱中被
它的一丝不苟的居民们抛弃。
昨天在密西西比河之上
或者跨越灰尘飞扬的扬子江
那房屋隔间晃悠悠悬挂着，
然后高飞，随后在感觉的放松中降落
进入一座懒散的快乐宫殿，
一座无忧无虑的懒散的宫殿。

吃完即飞翔着离开，
一幢高耸巨大的建筑矗立
光秃秃犹如一片秋天的叶子，并且听到
那离开的居所的嗡嗡声。
城市的一片叶子被

飞虫咀嚼得光秃秃。

一片衰败秋天的叶子，

一具透明的骷髅，

那肉体腐烂，荡然无存。

让那些活体组织的细胞飞走——

那筋腱透明的图案

而叶脉保持了干涸的脉迹

在一片秋天的落叶里。

带着它的花饰窗格的扇页骨架，

懒惰的宫殿升起

它的玻璃船帆。

它在奥卡河上升起，

带着中空的插槽，

与空荡荡空间构成的栅栏暗下来，

深邃的房屋的格栅

围着长了翅膀的村落，

就像一个放满椅子的大厅

当人群离开——

"这是一个光的居所的议会，

一个玻璃暖房的集会。"

（1921）

"今天，马舒克山①是一只猎犬"

今天，马舒克山是一只猎犬，
全白的，点缀着一簇簇白桦树的火花。
一只鸟在山上，快要冻僵，
朝着皮亚季戈尔斯克②飞向南方。

……它飞越一列火花喷涌的火车，
忘记群山的静寂
在那儿，秋天弯腰捡拾
还躺在空洞里的谷物。

然后怎样？无意识地回归，
虽然那小可怜的翅膀已经结冰。
他们的风眼像草坪耙子一样刮擦，
他们的心脏是冷漠和冰冷的。

---

① 马舒克山，俄罗斯境内的一座山，位于皮亚季戈尔斯克东北部。
② 皮亚季戈尔斯克，也被称为"五山城"，是俄罗斯联邦位于北高加索地区
斯塔夫罗波尔边疆区的一座城市，以其温泉度假区而闻名。由于近年此地
有长蛋型头骨出土，引起了外星人在当地生活过的传言。皮亚季戈尔斯克
坐落于小高原之上，高于海平面512米，每年约有98天阳光普照。

商贸使他们的生活兴旺，
也使他们的眼睛变得冷酷如枪弹。
现在他们支起一对耳朵
去倾听小商贩大声叫卖他们的商品。

（1921）

独奏演员

当阿赫玛托娃哭泣的时候，她的诗歌倾泻在沙皇别墅上，

我松开这女巫的线头

拖着我自己像一个昏昏欲睡的尸体穿越沙漠①

在那儿，所有关于我的不可能的事躺着正等死：

一个筋疲力尽的演员，一个假面伪装者，

寻找一条墙上的裂痕。

但同时在阴暗的洞穴里

地底下有卷毛头颅的公牛

一直咬牙切齿，吞噬着人们

在傲慢的威吓的烟雾中。

遮蔽在月亮的背阴处

像迟来的旅行者在昏昏欲睡的斗篷中，

在梦中我跳过断壁

并且从一座悬崖移动到另一座悬崖。

我像一个盲人般移动，直到

自由的风指引我，

暴风雨抽打我。

---

① 这行诗转引自普希金著名诗歌《先知》。最后一行中的"眼睛的播种者"，
让人想起普希金的另一首诗《自由的孤独播种者》。

然后我从庞大笨重的骨肉中切下那公牛的头

将它挂在墙上。

我喜欢为了真理的斗士，我当着这世界的面射杀它：

它在这儿！看！

这儿的有着卷毛的头颅曾经是人群为之激发的！

带着恐惧

我明白——没有人可以看见我！

我将不得不播种眼睛。

我的任务是成为眼睛的播种者！

（1921—1922）

"在边远蛮荒之地"

在边远蛮荒之地，低语着停止于
标记为"克豪普瑞"的地方。
那风已经吹跑了"馆"，
敲打着"餐"落到地上——
那过去三年狂野的风，
风，风[①]！
它击打着锡皮商标，叫喊着：你的生命就在这里！
嘟囔着，呻吟着，拉扯着，整个兄弟般的
弥撒装上火车，被发送
沿着它的道路滚滚向前——
我们兴高采烈地在一起呼叫：万岁！
命运，你能给我们一个微笑吗？

（1921）

---

① 这两个词开启了亚历山大·勃洛克的杰作《十二个》，这是对革命初期的
回忆。勃洛克在1921年8月去世的消息，赫列勃尼科夫在出发前往莫斯科
前不久听闻。

晚　餐

那双眼睛里有笑声和举起的眼镜!
这宇宙的游戏开始!
生和死在捉迷藏,
瞎子的虚张声势——瞎子死了。
正如照亮天空的月亮,
斧刃从牛脖子上举起。
一个男人坐着
在死亡之海垂钓,
他的长发在水中的倒影
闪亮像一朵向日葵。
他大概可以抓住半小时生命。
一片厚厚的自制面包
谎言就像坚固的伏尔加河岸,
一座谩骂的悬崖,一个地方
让老拉辛站起来。
他起身像一排波浪,
那宇宙般的波浪
拍打在人性的河岸线上。
肉体的象征
在张开的嘴巴的形状之上:

饥饿的寺庙。

一条灰面包

像乌云一样若隐若现。

在疲惫的波浪中死亡接着死亡

拍打在人性的海岸线，

飞溅、粉碎，露莎卡般，

在人性的岩石上。

时光流逝

在一个叮当作响的警钟粗糙的外壳上。

在这些伟大的首都城市里——

恐惧陷落，号召杀戮，意志哀嚎——

大踏步走，像拉辛的影子！

（1921）

别惹我！

你们这些兴奋过头的小混混，
你们这些没头脑，当心！
莫斯科来了个新人，
穿着普加乔夫的旧大衣！

我们没有经历
所有的流血和混乱
所以你可以穿着毛皮大衣
嘲笑我们。

我们没有为这牺牲
我们的生活——
去看可耻的恶棍
玩弄钻戒。

为什么我必须躺在这儿
整晚狂怒？
我将沿伏尔加河顺流而下
唱着我的歌！

夜晚的黑色船只
将载着我们全体船员——
谁将与我同行？
我的同志们，就是谁！

（1922）

"让那庄稼汉离开他的犁沟"

让那庄稼汉离开他的犁沟
去观察飞过田野的乌鸦，
让他说：那叫声蕴含
特洛伊人的堕落，
阿喀琉斯咆哮的愤怒，还有哭泣的皇后。
当它在他头上（它的爪子
是黑色的）绕圈圈，
在一张布满灰尘的桌子上——那儿落着很多灰，
让灰尘形成圆圈，曲线
就像波浪灰色的内部，
让一些男生说：那灰尘
是莫斯科，那儿，那是
北京，或者一块靠近芝加哥的放牛地。
在渔夫之网的网眼中
众首都已经环绕地球。
各种世界的声音产生了
一个团团灰尘中的芝加哥化的星球。
并且让一个新娘，谁也不想看到
她手指甲下哀悼的戒指，
刮掉他们身下的灰尘，喃喃低语：

在这尘埃中燃烧活生生的太阳，
我指甲上冰冷的肉已经隐藏起
没有心思敢去理解的世界。
我相信甚至天狼星的光芒也必须黯淡
去穿透指甲下的黑暗。

（1921—1922）

未 来

如果风来亲吻我

我将会描述血液是如何凝固的，

在我灰色的头发里它自己结成块。

还有这双珍珠般的眼睛

会问……告诉我们你的名字，他们会说……

那儿会有更多哭泣

比一周的谢肉节还多。

那儿会有美丽的颜色，

眉毛会抓住一只白头翁的翅膀，

在疯狂中抚育着星座。

那儿会有美丽的颜色——

雪样的白，乌黑，金黄，

那儿有马背上的女人，复仇的侍女。

他从武器上飞起来，吓得越来越小。

摩天大楼在他们眼中燃烧。

他们正在寻找一条通往天空的路径。

他们的双唇闪着光犹如猩红的雪，

不停地吞噬远方的尸体。

穿越恳求的臂膀的丛林

那匹白马疾驰，疾驰得迅猛。
命运说过："如同春天的花朵，
疾驰的骑兵会贪婪地把你吞掉。"

（1922）

"假设我制作了人类的计时器"

假设我制作了人类的计时器。

演示世纪时针的运动——

战争不会像从未使用的字母那般枯萎，

从我们的字母表中掉落，从我们时间的罅隙中

消逝？人类染上了痔疮，因为永远

坐在战争发条的扶手椅中

摇来晃去。我告诉你们，未来正

到来，我的超人梦想也随之而来。

我知道你们是有真正信仰的狼——

我像你一样，将我的子弹射进公牛的眼睛——

难道你听不到命运的指针，正沙沙作响

在她创造奇迹的缝合处？

我思想的力量将淹没

现状的结构——

我将向被古老的愚蠢蒙蔽双眼的农奴，

揭示以魔法复活的，被淹没的城市捷奇①。

当地球上的一群总统

---

① 捷奇，俄罗斯神话中一座看不见的城市，在下诺夫哥罗德市神圣的赛瓦特来亚湖下面。

像绿果皮般，被抛掷出去喂食可怕的饥饿，

然后那现状的粗凸螺母

将会轻易屈服于我们的扳手。

当大胡子淑女

掷出期待已久的石头，

你们会说，

那是几个世纪以来

我们一直想要的。人类滴答作响的计时器！

像我思想的箭头那样移动！

随着政府的自我毁灭而成长，通过

这本书成长，让地球

最后少一点君主！那独一无二的《预先规划的地球》

将会是我们至高无上的歌曲。

我告诉你，那宇宙从微积分表面上判断

是一场比赛的刮痕，

而我的思想是在门上撬锁的

盗贼，门后有人开枪自杀了……

（1922）

"好吧，灰褐马"

好吧，灰褐马，
你在拉动地球，所以
怎样快一点走掉？

北斗七星
紧随你的踪迹，
一条梦的鞭子——
我们要去比赛了！

关于这一切，我写很多诗
把燕麦放进你的桶里。
你会对祖传的干草说什么？
这是一种特殊的荣誉，所以不要声张。

我不是在对你的
灰外套开玩笑；
我爱你，老姑娘，
我只是想玩！

我会用满满一杯燕麦

填满你的旧桶
在世界大战之前
征服天空。

像冰凉的水流动着
我说我要去的地方
并且描述教养我思想的
伟大的《民数记》。

我喂养你，这样我们就可以
抓牢我们的帆，
当然你喜欢燕麦
和一个装满水的桶。

我喂养你是因为：
我的灵魂是先知
那个已经看到在天空中
星座开始升起
而雷暴像鸟一般飞起的人。

有白色鬃毛的——我们的朋友，你知道吧？——
它的鬃毛在山上的雪中闪耀。
"我们的"①，天空中云的字母说，
那意味着……你的火药要保持干燥。

---

① 原文为"ours"。

好吧，灰褐马。你正拉着
地球，所以保重。
科尔特索夫①的灰褐马，
托尔斯泰的《老灰母马》②。

银河系！
谁在叫我上那儿？

（1922）

---

① 科尔特索夫，俄罗斯常见姓氏。
② 《老灰母马》，一首老民歌。

"高耸的书籍要塞"

高耸的书籍要塞的
棘状顶饰，
在其上印着栖息动物图的
玻璃书页。
这儿是城市：生活书籍
弄皱自己的书页，
高耸的要塞表面，
书籍直立，装订在后面，
那儿雷暴云和耕地的马群
从他们的鬃毛上抖掉蓝色的闪电。
噢，权利的记述，挺身直立的礼仪！
人们聚集进入人类的干草垛，
像干草一样舒适地存放。
在这个城市街道的玻璃峡谷中
那个民谣歌手叫我们去玩。
一个没有被结疤的墙壁污染的城市！
适于居住的，人口稠密的页面，
玻璃编织成栖息地，
闪亮的熨斗，让打褶的栖息动物图
变得挺括，熨平对称的折痕。

书架上的书，其作者的名字是声音，

谁是共同的残骸——那些读这本书的人。

（1922）

"三个V的，三个M的，三个词——"

三个V的，三个M的，三个词——

你的名字高出你父亲的！

像马车夫一样高大，

你嚼碎沉默的钢铁！

用词语之鞭噼噼啪啪抽打，

你驱策紧张不安的纵列驾马抢占各国。

（1922）

谁？^①

那家伙

有着大象般的脖子

还有巨大、笨拙、简单、诚实的耳朵，

他撇了撇嘴，对这个词"就是这样！"

扬起坚定的下巴

一个男性领袖的下巴，

推动他去解决，去爆发，飞出去！

一个飞行员笑了

当他的飞机撞毁在半空

那宇宙的昏暗闪耀

就像一只铁鸟大笑着爆炸。

一片柔软温和的嘴唇，一片噘着的嘴唇，

一个庞然大物，一个有五英尺宽肩膀的英雄——

他是谁？

他做了什么，一遍又一遍，

声音听起来像是微笑，

---

① 这首诗描写的是马雅可夫斯基。

他用他机智的火柴

在愚蠢的鞋底擦出火花。

（1922）

"你感觉到我的召唤——"

你感觉到我的召唤——

我的军刀对着你的衬衫。

你已经没有衬衫了。

在我的军刀后重复说：那皇帝没穿衣服。

以一口呼吸我们达成了什么

我召唤你去冷酷地履行。

（1922）

给你们所有人①

复仇，这个词存在。

我的眼泪已经准备好。

没有声音的幽灵

在暴风雪中旋转。

我被精神饥饿的长矛

刺满了洞，

长矛穿透饥饿的嘴。

你的欲望饥饿了，

在风雅的瘟疫的炖锅里

它在奸商的口袋里，搜寻食物！

然后我会崩溃，就像库楚姆一样

在叶尔马克的长矛上

刺穿长矛的饥饿

我必须毁弃我的手稿。

哦，上帝，找到我爱的人的珍珠

在街上一个泼妇尖叫着！

---

① 这首诗是写给赫列勃尼科夫在莫斯科的未来主义同仁的。诗人在1921年底回到莫斯科后的主要关注点之一，是整理并出版他三年前留在马雅可夫斯基那里的大量手稿。这首诗表达了他在乌克兰、波斯和高加索流浪的三年中，丢失或无意中丢失手稿的痛苦。

为什么我要放弃那一捆书页?

为什么我要故意愚蠢?

不只是颤抖的牛仔的恶作剧,

在火刑柱上焚烧我的书——

到处都是斧头,斧头

和我可怜的诗歌的躯壳。

这三年周期给予我的一切,

诗歌,大概总共有一百首,

你们都知道的一圈面孔——

你看,到处都是被杀的沙皇的尸体,

到处都是乌格里奇①,那凄凉的丑陋之物!

(1922)

---

① 乌格里奇,俄罗斯雅罗斯拉夫尔州西部城市,位于伏尔加河上游。

"嘿，神圣的人！"

嘿，神圣的人！

老人！

告诉我，你是谁？

怪物还是人？

你叫什么？

群山回答：

怪物还是人？

你叫什么？

没有应答。

他拿着一本白皮书

在他面前，

倒映在蓝色的水中。

上面是古老的格拉哥里文字，

而担心他胡子的风

试图阻止他走路

或者拿着他的书。

里面写着：

"谨防三条腿的马，

也要谨防三条腿的人。"

嘿，神圣的人！

你在追求什么?

群山回答:

你在追求什么?

谁是你的祖先?

你从哪里来?

从两个地方

猛推着他们自己去开路,

而第三条路是大地。

三个农民在黑土地上

还有一群乌鸦。

一个牧民在抽打他的鞭子。

一群恶魔躲在它的混乱里,

避开雨滴;

他们会帮助他照看他的奶牛。

（1922）

"我不仅仅是狂欢的剥树皮工"

我不仅仅是狂欢的剥树皮工
咆哮使我的脸颊变形
像哭泣的婴儿一样嚎叫。
不，我来自一座公墓
那儿自由的钟声被埋葬。
我举起我的手让别人认出我
并站出来谈论危险。
我教给你必须追随的路径，
它是漫长的，隐蔽的，未知的
那儿没有熊熊燃烧的篝火
点缀你的烤牛肉，
或者点缀你的朋友和友谊。
是的，我反叛，我堕落；
白云持续覆盖我
仍然保护我。
但是稍后你把自己摔倒，不是吗，
被翻腾的远方记忆所唤醒，
不情愿地塑造我
进入这石头里的尘世阴影。
因为我不让你忘记那星辰，

因为我能感到这些乞丐生活的伤痛，
不止一次你离去，让我
携带衣服潜逃
当我游泳渡过诗歌的海湾，
并且因为裸体而被嘲笑。
但你脱下自己的衣服
几年以后，
从未注意到我已经变为
事件的主角，
时间之手握住的钢笔
在描摹思想者的思想。

在这家精神病院里
我是仅剩的内科医生，而我要向你奉上
我治疗的诗篇。

（1922）

拒　绝

我宁愿

注视着星星

而不是签署一份死刑执行令。

我宁愿

倾听花儿喃喃低语

（"就是他！"）

当我在花园里

而不是看见一支枪

射倒一个

想射倒我的人。

这就是为什么我将永远不会

成为统治者。

绝不。

（1922）

我走过的路

阿斯特拉罕

莫斯科

哈尔科夫

罗斯托夫

巴库

波斯

皮亚季戈尔斯克

那火车

莫斯科

自由

（1922）

"再一次，再一次"

再一次，再一次
我是
你的星星。
悲哀如同
弄错水平仪
和指南针角度的水手；
他将撞毁于礁石
和隐藏的浅滩。
悲哀如同没有爱和怜悯
而使我犯错的你。
你将撞毁于礁石
而那些礁石将会嘲笑
你
你曾对待我的
方式。

（1922）

第二辑　长诗

动物园

（献给V.I.^①）

　　　　噢，动物的花园！

　　　　那儿铁栅栏看起来像一个父亲，他讲述一个血腥的战斗去
　　　　　　提醒他的儿子们他们是兄弟。

　　　　那儿德国人过来喝啤酒。

　　　　而轻浮的女人出卖她们的身体。

　　　　那儿雄鹰栖息像被现代塑造成的永恒，至今仍
　　　　　　未被傍晚终结。

　　　　那儿那只骆驼，它无人骑乘的大驼峰，了解佛教的
　　　　　　秘密并且强忍着一个中国式微笑。

　　　　那儿一只鹿感觉自己在开裂的石块下方。

---

① V.I.，即维·伊万诺夫（1866—1949），俄罗斯象征主义诗人，也是赫列勃
　尼科夫最早的赏识者之一。

那儿人民的装备令人惊讶。

那儿当德国人气色健康红光满面，人们皱着愚蠢的眉头散步。

那儿一只天鹅忧郁地扫视——到处都冬天一般，它黑橘色的鸟喙
　　犹如秋天里的一丛灌木——有点太踌躇，即使为了他。

那儿一片蓝色绚烂成扇形散开在它的尾部，还有一张蓝色云朵的网
　　被甩过落叶的金色火焰和森林的绿色，并且
　　由于地面的粗糙不平，所有投影都各不相同。

那儿我们想抓住琴鸟的尾巴，敲击它的弦带，
　　歌唱俄罗斯的英雄主义。

那儿我们紧握拳头犹如举着一把剑，低声说着誓言：
　　去捍卫俄罗斯人的种族，以生命，以死亡，以一切为代价。

那儿猴子各怀愤怒，展示他们斑驳杂色的屁股，
　　并且似乎除了那些悲伤或者害羞的猴子，终于被人的
　　出现而激怒。

那儿大象颤抖着像群山经历着一场地震向
　　一个孩子要东西吃，使陈旧的价值听来真实可靠："我
　　饿了！给我一些吃的！"并且跪下好似恳求施舍。

那儿敏捷的熊爬到高处向下瞧，等待着它们的
　　饲养员的命令。

那儿蝙蝠倒挂着，像一颗现代俄罗斯人的心。

那儿鹰隼的胸膛召回一片风暴前的残云。

那儿一只小小的地面鸟在身后拖着一个金色的夕阳，
　　充盈着火的余烬。

那儿我们在老虎脸上看见白色的络腮胡和一个穆斯林长者的
　　眼睛，然后我们给先知的第一个追随者以荣耀
　　并诵读伊斯兰教的真义。

那儿我们开始思考那些宗教信仰是正在下沉的汹涌
　　波涛，它们造就并散布了物种。

因此地球包含和他们找到见证上帝的不同方式
　　一样多的动物。

那儿动物厌倦了咆哮，站立着抬头望向天空

那儿一只关在笼子里的海豹是对于罪人受难的一种生动提醒，
　　来来回回地疾驰，恸哭。

那儿滑稽的鱼翅用抚触照顾

果戈理的旧世界的地主们。

噢，动物的花园，那儿一头野兽的凝视有比堆叠的重读的图书
　　更多的含义。

噢，花园。

那儿一只鹰在某件事上郁闷地沉思，像一个孩子对抱怨
　　生出厌倦。

那儿一只爱斯基摩哈士奇在与生俱来的敌意中
　　喷着它西伯利亚的侵略气息，当它看见一只小猫洗脸的时候。

那儿雄山羊乞求着，通过伸出栅栏摇动它们的蹄子，
然后看起来很高兴或者很满足，当他们得到了他们想要的。

那儿高得夸张的长颈鹿站立着，盯着。

那儿，正午的信号炮让老鹰仰望天空，期待暴风雨。

那儿一群老鹰，从它们高高的栖木掉落下来犹如雕刻的肖像
　　在一场地震中从神庙和屋顶上掉落。

那儿一只老鹰，毛发蓬乱犹如一个女孩，盯着天空，然后盯着它的
　　爪子。

那儿我们看见一个"树怪"在一只静止不动的鹿的剪影中。

那儿一只鹰坐着，它的脖子朝着公众而它的脸向着
　　墙，它的双翼古怪地羽毛竖起。它是想象正在高山上
　　怒吼吗？还是在祈祷？或者仅仅是在忍受酷热？

那儿一只麋鹿通过围栏，亲吻着一只平角水牛。

那儿鹿舔着冷冷的铁栅栏。

那儿一只黑色的海豹用它长长的鳍状肢沿着地面蹒跚而行，
　　像一个被绑在麻袋里的人，像一座铸铁纪念碑
　　突然发现无法抑制的滑稽。

那儿一只毛茸茸的"伊万诺夫"跳起来对着铁栅栏
　　拍着它的爪，无论什么时候他的饲养员都叫他"哥们儿"。

那儿狮子躺着做梦，它们的头靠在它们的爪子上。

那儿那只鹿永不停歇地向笼子砰砰砰撞击它的双角，
　　永不停歇地抖动它的头颅。

那儿在一只干燥的笼子里，一群品种单一的鸭子阵雨过后
　　发出一致的叫喊，好像庆祝感恩节
　　在向某个神——有一对蹼足和一张鸭嘴？

那儿雌珍珠鸡有时是会鸣笛的女舍监，有着傲慢的
　　脖子和银灰色的身体，特别从
　　为繁星之夜缝制礼裙的女装裁缝师那订制的。

那儿我拒绝承认马来熊如同北方佬，
　　如同蒙古人一样扯下他的面具，并且想为阿瑟港①对他实施报复。

那儿狼群展示了敏捷和忠诚，在它们眯缝着的专注的眼中。

那儿我进入一间令人窒息的动物屋，我不能久留，
　　遇到一个没有人情味的"笨蛋!"，还有从懒散，巧舌如簧的鹦鹉
　　那来的一阵荚果雨。

那儿那些魁梧的闪闪发光的海象，像没精打采的美人，
　　用它湿滑的黑鳍状肢给自己扇着风，然后掉进水里，
　　当它笨重地回到平台上的时候，它雄壮的鲸脂
　　身体戏耍着又硬又粗的胡须，尼采的眉毛光滑的头颅。

那儿一只高高的，白色的，深色眼睛的美洲驼颌部和一只驼背的
　　牛角光滑的水牛，以及其他反刍动物经常或左或右
　　移动着，像一个国家的生命。

那儿一只犀牛红白夹杂的眼睛保留所有未熄灭的
　　对于一个被推翻的君主的狂怒。在动物中孤独地他展示着

――――――――――

① 　阿瑟港，即我国旅顺港，1898 年旅顺港为沙俄强租，被沙俄称为"阿瑟港"。

对于人类的蔑视，如果他们是反抗的奴隶。在他之中
　　潜伏着恐怖的伊凡雷帝的精神。

那儿有长长的鸟嘴，有冷冷的、蓝色的、戴眼镜的海鸥
　　看起来像国际骗子，我们认出那些家伙，通过它们
　　一下夺取扔给海狮的食物的灵巧技艺。

那儿我们记得。那些俄罗斯人经常称呼他们的英雄为
　　猎鹰，而哥萨克人的双眼，深深地隐藏在犁沟般
　　的眉毛中，还有皇家鸟类的国王，猎鹰的双眼，
　　是完全相同的，然后我们开始明白谁教会那些俄罗斯人
　　怎样去战斗！噢，你们这些猎鹰，在空中与苍鹭搏斗！
　　你们锐利的鸟嘴向里翻转！但是从不会像大头针，由于承载着
　　荣耀，忠诚和责任几乎不会刺穿一只害虫！

那儿一只蹼足的红色鸭子令我们回想起那些在战斗中倒下的
　　俄罗斯人的技能，在那些人的骷髅中祖先们建造了它们的巢。

那儿某一只鸟儿的金色翎毛好似一团火，那火的力量
　　只属于那些已经发过誓永葆贞洁的人。

那儿俄罗斯宣布"哥萨克"这个词像老鹰的尖叫。

那儿大象忘记了如何去吹喇叭，制造噪音，听起来
　　像是消化不良的抱怨。可能吧，当他们看我们如此微不足道，
　　他们会想微不足道的声音是呼吁吗？我不知道。

噢，你们这些布满灰色皱纹的山脉！有地衣和青草
在你的裂隙中发芽！

那儿精彩的可能性在动物中毁灭，像《伊戈尔传说》的
抄本，遗失于莫斯科的大火。

（1908，1911）

维纳斯和萨满

一天晚上，维纳斯和萨满相遇在
山洞里。这是他们短暂而甜蜜的一段经历。
她像狂热的春天出现在他的门口，
花全都盛开。（她走错路了吗？）
她赤身裸体，站在他面前——
哦，在寒冷的西伯利亚
一颗未经雕琢的赤裸的粉红色钻石，
她的眼神充满绝望，此外还夹杂一丝放纵的激情。
它像熊熊燃烧的火焰
从奥林匹斯山上掉落，燃烧了积雪！
她的眼睛闪烁着蓝色的星型光芒
当她向那个亚洲人讨要一个过夜的地方。

她可爱地噘着嘴，"嘿，蒙戈。"她开始了——
（这就是爱中女士对男人说话的方式，
只要她一想，脸上就会出现皱纹
所以她通常都是不假思索地说话。）
"蒙戈，"她说，"你老了，满脸皱纹，
坦率地说，我是一条欢腾的河流，
但我能乞求你荒凉洞穴的一角吗？

一位女神在乞求——现状严峻。

我只有一两天时间。并且说——

你以为你可以把你的垃圾丢开

这样我们就可以一起坐在火炉旁吗？

你看过外面吗？

你能想象那场暴风雨吗？我快要

冻死了！国王穿着他们的皮衣

为我工作过一次，但我在这里

在荒蛮的土地上冻僵，

我的脸脏极了。

尽管如此，事情会变得更糟。

哦，蒙戈，如果你知道我经历了什么！

你特别好，让我留下来陪你吧。"

然后那位女士把她的头发披散下来，全部披散下来

将雪花从里面抖落，

然后和一个失业的萨满一起

搬进森林，因为他喜欢平和、安静。

"曾经有一段时间，"她开始说，"希腊的每个城镇

都传颂着我的名声，通常是一件杰作——

你确定这不会让人厌烦

你？不管怎样，那些雕像不再存在。

他们不会颂扬我，他们忘记了我的名字，

不管我长什么样子，他们都无视我！那是献给你的

荣誉。"萨满点燃烟斗，挠了挠他的眉头。

"情况可能更糟，"他观察道，"就是现在

你非常冷。你也许和慷慨给予

你时间的人吵了一架，对吗?"

"不，"她说，"比你想象的还要糟。

没有人欣赏我的乳房了，多么肤浅!

为什么，我可以使奶牛离开土地!"

(她的脸颊上有泪水，几乎没有掩饰。)

"看看这侧影! 瞧瞧这手臂!

但现代男人忽略了我的魅力:

年轻的，年老的，爱他们妻子的，

酒鬼饮尽他们的生命，

即使是军人，军官和士兵，

他们都不理我。为什么，我记得

我的乳房征服过无数人!

国王或平民，任何地方的男人!

但现在，可怜的人儿，他们蒙受了耻辱。

如今，人们都嘲笑傲慢无礼的人，

他们让我遮盖住我的勿忘我!

你会相信吗?

我告诉你，我宁愿死

也好过不得不偷偷地晒日光浴。

这太残忍了!"她转向一边

拧扭着她的手，几乎要哭了。

"哦，这种生活真是糟糕透顶，

蒙戈! 一切都是微不足道的!

我们生来就是苦难的孩子!

我看到什么都感到不安!

年轻女孩脸颊上的所有美丽
一周之内就能喂饱蠕虫。"

萨满耸耸肩，看着
牛奶和蜂蜜的女神，几近崩溃，
坐在附近的岩石上大哭一场。
最后，他终于开口："那岩石
更好的心灵，你会挠到你漂亮的屁股。"
他伸手去拿旁边桌上的罐子
喝下一大口桦树皮啤酒，
然后默默坐着，吐着烟，
凝视着黄昏的空气。
（他说话前总要先考虑一下：
他喜欢审慎的氛围。）

女神感谢他的建议，
而她圆圆的蓝眼睛里的神情
从俏皮转为沉郁——
因为他相当帅气，虽然年纪大了。
时间悄悄流逝；
他们一起坐在山洞里
直到出现几道淡淡的条纹状的光
在黑夜的边缘挣扎。
萨满继续盯着天空。
维纳斯打了个哈欠，感觉累了
他拨了拨火堆。

她睡着了。他盯着她的脸。
现在对萨满来说，好客的规则
是神圣的。他整晚坐在那里看着她，
看着她柔美的曲线。这是对的，整夜
坐着，但不去触碰她，
看她辗转反侧，
只是确保那火堆燃烧着。
她在睡梦中动了动，发出几声叹息，
偶尔睁开她那双可爱的小眼睛
好像在乞求什么，他不能确定那是什么；
然后举起双臂，好像在保护自己。
伸展着——哦，她对建议持开放态度吗？——
然后朝他露出困倦的微笑。

但是早晨终于到来。冷杉树上
苍白的鸟儿全都大声歌唱起来。
充满悲伤和自我怀疑，
她凝视着慢慢消逝的星星
低声对自己说了些什么。
树下，夜的踪迹依然徘徊不去。
天空变得苍白，然后是粉红色，然后是红色：
太阳出来了。黎明用她玫瑰色的手指
将大自然从它的床上唤醒。

维纳斯终于
对她前一晚的行为感到羞愧，

并且以一个新手的跛脚探试了美德之路，
开始仔细考虑：这样礼貌吗
裸体出现在一个不认识的人的屋子里？
唉，这位女士的回答当时没有
被萨满听到，他一言不发，
扔给她一件狐皮夹袄。这一次是女神
说不出话来，并且感激地看了他一眼。
那位女士开始全靠自己
把头发盘起来，编成辫子；
这个过程让她裸露出肩膀
但萨满什么都没说。
那雪白的肩膀！许多文明社会
留出庆典的日子……
但老谋深算的萨满只是坐着，神情庄严
像一个偶像，陷入冥想。

维纳斯在洞穴里走来走去
拧扭着她的手寻找灵感。
"他们是畜生，你听我说，畜生！
他们以前唱的赞美诗呢
还有他们常带给我的饥渴
之吻？他们全都是畜生！
蒙戈，帮帮我！我要断气了！
我的心是燃烧的小手鼓！
不用别人帮助我，我也能看到真相——
看着我，蒙戈！我已经老了！

没有人再给我写情歌了

或者期待我是否会出现——

难怪他们都读书！

我失去了我的美颜！

他们看见我，就跑开了！

每个人都变得——

习惯待在家里，害怕去实践

小小的爱的教训——太可怕了。"

那位女士哭了，泪流满面，

"老式的忠诚变成什么样了？

你告诉我——这是不是一位印度大师

突然想出来的奇想

以摆脱爱的情感的世界？"

萨满什么也没说，

坐在那里。他生气了？还是无聊？

那天一大早，她就出去了

在鸟儿唱出第一个音符之前

去采摘蓝色的勿忘我，

将它们编织成迷人的花链

披挂在自己身上……徒劳无功。

现在，萨满像以前一样坐着

忧郁，严肃，陷入沉思。

那位女士朝他悲伤地笑了一下。

"好吧，蒙戈，"她开始说，"我猜你不会明白

我在说什么，也许我有点

为你疯狂。也许你只是不喜欢我的风格
我要去散步，需要换个环境，
想一个人待着，你懂我的意思吗？
我想摘花，和树说话，
和鸟儿、蜜蜂恢复联系，
远离拥挤人群的喧嚣
找一个有乡村寺庙的地方，
采摘蘑菇，大声歌唱。
我想以你为榜样。
还有什么比简朴生活更好的？"
"请自便，"萨满说，
并朝她宽慰地笑了一下——
"我知道有一个地方，那里有一棵空心树——
一个漂亮的角落。这对我很有效。"

她笑了笑表示感谢，并兴奋地
用尽全力拥抱了先知；
她的头发披散下来，抚过他的手臂——
为了抵御她的魔咒，萨满的感官涌动着——
但后来，她开始了有关卫生的告诫，
他真应该保持洞穴的干净，
"……别抽烟了，看在上帝分上！
看看它造成的混乱！"
他翻了个白眼，叫出安杜里这个名字，
赫然起身，并开始
围着火堆跳祭祀之舞，

他手中拿着发出神圣嘎嘎声的拨浪鼓。

他用脚大声地踏着节奏，

所以闷闷不乐的维纳斯说不出一句话，

而是坐在那里，拨弄他的弓弦，打发时间。

然后萨满拿起他的弓箭，

无视她惊恐的尖叫和哭喊，

大步走出洞穴，一个威猛的猎人

出去捕杀麋鹿。

他像晨风一样离开了

消失在树林后面。

孤独地站在垂死的余烬旁

那被惩罚的女神开始变得憔悴。

（她情绪低落。）然后她记起

毕竟她是真神，

并采摘更多勿忘我

去制作一种家居服；

她起初对自己得到的东西相当满意——

一种出自神话的绚丽形象

或者倒映在林中水潭中的其他形象。

她大笑，笑声像个傻瓜，

但她从某处回忆起来——她不太能确定——

制定那一套暴虐的规则

对于最新的流行时装，

并且自言自语："你管那叫套裙?"

或者："多难看!"或者："上帝，我看起来一团糟……"

尽管如此，她还是独自一人剪裁

皱着眉头哼哼着，

再次尝试是否合身，

把它举到下巴下面——

且从未感到一丝无聊

后来她漫步走过池塘

在远处的田野里游逛

采摘许多野花；

她把它们编成花环，试戴了

一下。一只鸽子在繁茂的树荫处歌唱——

女神用咕咕声和口哨作为回应。

最后维纳斯在一个硬梆梆的松树桩上坐下来

对着风叹了口气："发怒吧，大人，

发怒！占有我，爱抚我，抚弄我的头发！

如果你有时间，我都是你的。

好像没有其他人知道我在那里。

为了你，大人，相信我，我

已经是一片草地，请感受一下我的花吧！

宝贝，我可以花几个小时

让你开心，给你快乐——

我们都在寻找爱，平静的爱！平静的我！

即使是这个曾经是树的树桩！

现在明白了，我不在乎多点或少点——

幸福是没有第二次机会的。"

与此同时，她听到了先知的脚步声，

打猎回来，她以吻迎接他

拥抱他，拿走死鹿，

切碎，然后做一道她最喜欢的菜；

维纳斯鹿肉。他吃了一口——

不得不承认，天哪，味道还不错！

后来他点上烟斗，环顾四周——

然后闭上眼睛，皱起眉头

洞穴里挂着树叶和花环；

他现在住在维纳斯用树枝围着的一个地方。

第二天，一只白天鹅从海岸飞来，

拍打着无力的翅膀，嘶哑地叫道："女神，

你快回来！你是受人敬仰的人

又一次在晚宴上。他们想让你回来！

听着，我知道我现在一团糟——

我浑身是血，弯腰驼背，但我要铭记

你。在我死之前，我要说服你。

回到你的人民身边，试一试

忘了他们；他们爱你，你知道

其中一个，真正的仰慕者，

居然买了一个女式冠冕头饰。

新的——给你的。看得出来。

我是一只垂死的天鹅，我在唱一支歌

说你离开太久了。

快点回家！离开西伯利亚

我亲爱的，向内陆进发。"

它在她脚边轻轻一扭，就死了。

这让她信服了。她转向萨满，哭着说：

"蒙戈，你是我见过的最聪明的人。

我真的很爱你。我爱你黑发的——

发型，还有你辛辣的微笑。

我融化了。但对我来说简朴生活是错误的。

于是我要离开。但我会让他们写首关于你的

歌！我保证。现在，忘记我的乳房吧。

将它们从你的脑海中抹去。

忘记我的脸，我甜蜜的背影，

还有我眼中的火焰（让我们直面它，那强烈的情欲）

还有我大腿上的荣耀。那只是

为了让我在内心成为一个简单的女孩……

但是来吧，我们必须忘记这一切。我们必须分开，

拒绝我，你可千万不要后悔。"

萨满抬起头；照例皱着眉头

又转而笑起来，"当事情变得乏味，就顺便来串门，"

他说，"我们随时欢迎你，即使

岩石上的一张床就是我拥有的一切。但我们可以分享。

那里总是阳光明媚，空气清新。

就像在树上歌唱的鸟儿一样，

只要你愿意，欢迎你留下。"

他说话时，维纳斯微笑着，抚摸他的胡子。

然后，像一个甜蜜的错误，她消失了。

（1912）

女人石像①

一个驼背老头，杵着扭曲的拐杖，
那无声的魔咒。
而你像大笑的露莎卡，
栖息在一头猛犸象颅骨上。
老柳树的树皮沙沙作响，
像人一样讲述着传说；
那片土地上的石头女人
是石头之书中所讲述的传说。

远古的异教造就了你。
你伸展至天堂又再次返回。
他们的表情仇恨又严峻。
他们的项链雕刻粗糙。
鹰隼，不明所以地，游弋着
在这些石质的东方神话之上。
她的微笑凝固不动，她站着

---

① 《女人石像》中所描写的粗凿的男性和女性雕像通常高达两米，散布在俄
罗斯南部草原上。它们经常出现在坟墓上，据说代表了最初竖立它们的人
的祖先——非斯拉夫部落，其中有斯基泰人，他们早在铁器和青铜时代就
占领了这些地区。

被某个不知名的父亲抛弃；
她的乳房是鹅卵石，露水
在银色乳晕上闪耀。
这里，一个黑发女人的脚步声
唤醒夜晚之鹰；
她的发辫垂挂着又长又软；
他战马缰辔的沉默！
群山在雪网中旋转，
千禧年声音的传布，
以及瀑布的轰鸣
从岩壁冲入麦田。

那棵树举起它的臂膀
祈祷，那暮光的草地
哭泣又哀号
以没有名字的语言。
噢，温柔的杨树，阴郁的杨树，
祈求夜晚的凉爽！
你颤抖的树叶中
说话般的沙沙声！
这里出现了小小的"涂鸦拼字游戏"，
金色头发，无话可说。
这个孩子想要什么，在
那压制银色低语声的寂静中？
哭泣，因为银河不是我的？
"成千上万的死者

在冰冷的黏土面纱下哭泣！
而我是大地听不见的焦虑
最后的描绘者。
我期待被枪击。每一天。
但为什么？为了什么？毕竟，我爱过
所有生灵，并度过我的童年
在这儿在大草原上，在羽毛般的草丛和石头之间。"
他靠近，坐下。他的手翻阅着
他脸上那本发光的书。

而月亮给予她哭泣的孩子
一长串夜晚的星星。
"我需要很多吗？
一块硬面包，
一杯牛奶，
一片云朵
之上的天空。"
我喜欢所有乳白色的女人，即使
她们慢慢靠近花朵。
我将自己隐藏在捕蝶网中，
那银河系的陷阱中。
当维斯瓦河①流淌着鲜血
而血同样湍流在蒂萨河②，

---

① 维斯瓦河，今波兰境内的一条河。
② 蒂萨河，在欧洲东部，流入多瑙河。

然后是尖叫的数字编队
在苦难的世界上向前聚拢。

一只蝴蝶的翅膀是蓝色的
犹如那神像雕塑的眼睛。
她被罚站在这儿，
昆虫成群涌动的灰色阴影，
没有一把梳子和别针，
她粗糙的手勾画
情欲冷酷的密码。
她灰色的眼睛是板条
如同，平直不动的东西。
但一只飞蛾在其上盘旋，
降落，以它翅膀的
蔚蓝色天堂将它们覆盖。
由一点星火，一处樱桃色污渍
保护的斑点蕾丝花边。
那些火之斑点让
雕塑的眼睛闪动着智慧。
那双眼睛变成蓝色，智慧增长
伴随敏捷翅膀教导的轻盈。
有一根麦秆在黑夜中着火了？
石头神像，雷霆般升起
像一场疾风暴雨的锦标赛！
成群的看守，曾经蝙蝠般盲目，
现在睁开你飞蛾翅膀的双眼，

成为一名穿越银河的先知！

枪声从这些石块上咬下小碎块，

使那些飞蛾坟墓疯狂，去摧毁

它的枷锁，抓牢那铭记在心的坟墓。

摇吧！跳吧！跺脚吧！那坟墓在天堂热烈的乡村舞会里！

邮票，石头，旋转星星的卷轴

使飞蛾的眼睛转向天空。

记住这些闪亮的星星

它们的火焰全都闪耀；它们是鞋钉

跺踏进蓝色的靴子后跟

在天堂热烈的乡村舞会中旋转！

更多光之彩虹！

暴风雨逃窜的夏天！

草原的女仆恢复了视力！

（1919）

诗　人①

当秋天来临，树木换装，

被染成绯红色、铁锈色和红铜色，

而瀑布中的寒冷折射

预言即将来临的雪的凯旋，

在最后的狂热幻象中

白桦树树干微微闪烁着白光，

冬天的使者，飞翔的鸟，

对夏天的绿色长久的告别。

倾斜的山腰披着一条

碎金的披肩，落在

白色沟壑

① 这首诗是应维·拉·安菲莫夫的要求写的，他是在哈尔科夫郊外一家精神
病院工作的医生，在苏俄国内战争期间，赫列勃尼科夫在那里寻求回避战
争动员的庇护。作为检查的一部分，医生建议诗人创作各种主题的作品，
其中包括"狂欢节"——这首诗早期版本的标题。在他的笔记本中，赫列
勃尼科夫还用"春天圣日""露莎卡"和"露莎卡与诗人"等标题来称呼
它。露莎卡的形象对于理解整首诗至关重要，在俄罗斯民间传说中，她经
常被视为未受洗而死的孩子或溺水的女人的化身。赫列勃尼科夫的露莎
卡，部分是通过这个民俗形象感知的，但也通过19世纪俄罗斯文学的意
象来感知，在那里她被描绘成一个美丽的少女，她晚上从水中出现，在河
岸上斜倚着梳理头发。对赫列勃尼科夫来说，她首先是语言和思想的象
征，是语言和思想的"超越意识"，即它们的前理性表现。

幽灵般的裸露山坡间；
那柔和的蓝色寂静似乎要喊出
诗人口中的话语——

然后我们怀念春天和忏悔星期二①！
狂欢节，放纵的精力
埋葬太短的日子；太阳
低低地沿着地平线潜行，
将冬天的编织物践踏在脚下，
戏弄时间，跑得比鹿还快。
然后在头顶上不知打哪儿
一个金色的幽灵出现，
而正午的影子在我们的双足之上奉承讨好
像茫然的被施了魔法的动物。
然后赤脚的人类灌木丛
带着由衷的感谢开始舞蹈，
而孤独的菩提树放松地编织着
它倦怠叶子的头发。

像一群嘎嘎叫的傻瓜蹦蹦跳跳，
人类部落组成了新面孔，
抹去冻住的冬天的苍白，
它模糊不清的面霜和煞白的粉底。

———————

① 忏悔星期二，此处指忏悔星期二当天举行的狂欢节，也叫四旬斋前的狂欢节。

打倒冬天！欢迎春天！
吹响春天的号角！
看人类打扮得像丘比特
穿着云朵，或者裸体，
在天堂的肃静中漂流，
在脚下撒落花朵。
变化无常的春天忠诚的爱人，
人类欢呼即将到来的夏日阳光。

春天，装扮成一个打鱼少女，
拖曳着满满一网鲜花，
以及季节的冰冷潮湿的鳞片
从她银色的叶子中闪烁着。
那风，受到事物的激励——
那半说半唱着的，
那玩弄她膝盖上的布料的，
那环绕在纯净的想象中的事物。

好朋友，起来吧！做好准备
与大量的光一起跟着她
编织雾和花朵的线条！
比拂晓的大海更狂野，
在溪流中伸展你们自己穿过
东方并注视着，被空气的蓝色恶作剧
施了魔法，
犹如梦境展开像苏醒的蛇。

犹如花朵彩虹色的光，

被人类口中的气息吹拂，

春天从她的睡梦中升起。

所有为利益而拼命的人，

所有在算计得失中过日子的人，

所有在交易和金钱中过日子的人，

所有人都加入了单一的

对处女泉热爱的洪流，忠实的臣民

确信她的狂欢会永远持续下去。

小丑叫喊，女人哀号，

那摇铃的铃声起伏，

白脸老头穿着袋形裤，

那曾经理性的游牧部落正义的愤怒，

所有人都赞美圣母娃娃！

他们响亮而清晰地喊出单调的歌声

沉醉在狂野哀号的歌声中。

那儿有两个身影，在长凳旁边，

笼罩在一棵白杨树的阴影中。

顽皮的笑声，拇指的压力，

还有苏打水瓶引发的恶作剧！

一个身穿节日五颜六色衣服的吉卜赛人

单调地打击乐器，

引领着很多衣衫褴褛的儿童。

一个小阿飞，一个坏坏的男孩，

一个深色头发的，被晒黑的男孩，

戴着空南瓜头在游行队伍中；

它的眼睛和嘴巴是用小刀雕刻出来。

它砰的一声，裂开了，

向前推进的长矛和盾牌。

那舞蹈如溪流般向前滚动——

穿着透明衣服的女人——

"亲爱的朋友，真的这样吗，

我们昏昏欲睡的树瘤不会跳舞？

亲爱的朋友，他怎能睡得着

在这样一个狂欢的时刻？

小兄弟，瞌睡虫，

你变成一个多么扫兴的人。"

通过掐捏手指醒转过来

他笨拙地跳着，蹒跚着——

一头熊！然后突然变成一只鸟，自由了，

他从戏谑姐妹中感觉飘飘然。

另一个狂欢节怪诞的黑色面具

嘴巴红艳发亮，

摇动绑在柳条上的长矛

恐吓人群。

在他身后，通过独立的魔法，

一只巨大的手——其余的看不见——

提着一篮蔬菜

遮住了阳光灿烂的日子。

到处都是狂欢节戴面具的人，

和有晒斑的小提琴手演奏的乡村乐曲。

那最短暂的寂静，然后
天仙子游戏开始了：
脸庞用药物染白，
幻觉中兴奋雀跃的孩子们
和吸毒恶魔跳舞
一连串幻象，一个接一个，
犹如有人正梦见它们，
犹如他看见他们沉默的溪流，
在一个侨民梦里的探访，
悄悄溜进弗洛拉①的窗台。
永远的笑声！关怀即死亡！
头顶上的旗帜和横幅
笑声把关怀扔到一边
大胆地趾高气扬地走在游行队伍的前面，
他胸前印着一只章鱼。
大胆且光明正大地，他走着：
搞笑的大主教，戴着橡胶鼻子。

鲸鱼的大嘴缓慢地咀嚼，
地狱之门大开，又宽又高；
两个隐士圣徒隐藏其中
辩论一个垂死宗教的教义。

---

① 弗洛拉，罗马神话中植物女神的拉丁名字。

但人群像雪一样被驱赶
并将它的信仰置于爱与享乐中。
一只忧郁的风笛在悲叹，
一个老人咯咯笑着，哭着，叫着，
雪花旋转，捕捉光线，
现在把闪光的糖纸弄干燥，
而暴风雪照亮了游行。
在这个全心投入的嬉戏中
一个裹着狼皮的身影嗥叫着——
一个手持青铜盾牌的战士；
一个远古的朝圣者长出一口锅
戴在她头上，并发出虔诚的笑声。

看，那双眼睛！多蓝！
肯定有偶像在大地上行走！
她永恒的光环扰乱了舞蹈；
她移动着犹如一个复活节守夜人，
一幅从教堂里走失的圣像；
她令那无信仰的人和伊斯兰的异教徒
转动他们的眼睛，
她令那个画家抓住他的刷子！
亲爱的耶稣！可爱的，看！
这是上帝的神圣之母！
每个人的激情抑制着
在那些黯淡哀伤的眼睛前；
对着她的亚当的种族求助

在天空中祈祷。

比最白的大理石更白，

包裹在虔诚的平静中，

她伸出祝福的手

谦卑地接受施舍。

但是看！只是看看！就明白她怎么走

和小丑手牵手！

她被粗俗的目光羞辱！

上帝的母亲，在街上乞讨！

但她那超凡脱俗的面容

像夏日一样闪耀。

她斗篷的白色犹如最纯净的石头

像牛奶从她的双肩淌下，

从遥远之地来的一个乞丐

从她的圣坛走下来——上帝之母。

静默不动。像小男孩和小女孩，

吓懵了。在视觉上流动着，

纯净的白色光辉沐浴着人群。

但现在是狂欢的高潮：

风的呻吟，灰烬的笑声，

印第安人发出野蛮的呼喊

匆匆而过，没有回头看。

在假面孔后面，路人

跳跃着舞蹈着蹦跶着

而让我们——伪装者的人群

带着泪流满面的哭泣和小丑的呐喊

还有猫科动物的尖叫，搏斗的小猫

沿着街道扭打着飞奔。

嚎叫的女巫，咆哮的乳牛，

骆驼的身影缓缓鞠躬，

猫头鹰的眼睛，鱼的演说，

用煤黑画出的哭泣的胡须，

一辆马车，载着鲜红色的

毛发涂有彩绘的螃蟹；

一个画着狂欢节脸庞的白痴

在桶上敲他的锡罐，

一路拽着他的小女孩。

浸湿煤灰的一场雨，

充满树脂火焰的篝火，

在脸上，近视的双眼滴下煤灰

穿过这个鬈发的城市风景，

这些炽热的魔咒之夜，

这种对幻觉的普遍渴望；

怪异的面孔疯狂闪耀，

面孔发烫像红色法兰绒，

像蜡烛般反射着

在一个有千面镜子的大厅

那儿激情四溅像死亡。

与笑声一同升起！与致命的星星一同下降！

他们喊叫着，像风一样旋转。

与此同时雪花依然落下，

覆盖脚下的人行道。

替补席。一个剃光了头的和尚
同伴是一个深色眼睛的女人。
像通往永恒的蓝色树荫深处
她打卷的头发起伏
而花瓣像一块燃烧的煤
在她头发中的午夜燃烧发光。
然后怎样？她的眼睛引人注意的蓝色
燃烧着焦虑的喜悦，
并充满倦怠的奢侈
承诺着怀疑之梦的夜晚。
旋转如暴风雪，从他们身上施放出来，
他们的眼睛都是别人的，不是这个或者那个的，
人群狂乱地向前冲去
时而幽灵般苍白，时而残暴黑暗。
无论东方还是西方，都要艰苦跋涉
西边就是东方，除了死去的神
他们的先知早已死去，
一阵跌跌撞撞疲惫的风
忘记此时此地的教训。
在沉思中扭曲这条锁链关于
他饱受折磨的思想，他靠着一堵墙
站着，和谐的永恒的囚徒，
与嬉戏争执，一座创意的神坛。
看他的披风，一座黑暗的山脉，

波脊，河流，溅起白色浪花的瀑布

落入他脚边的波浪中，

模糊着那些他穿在纽扣孔中的

蓝瓣花，拉达①的献身精神。

他的眉毛是一个梦的曲线，

一只山地燕子的拱形飞行；

他的嘴巴在怀疑的

嘲笑中弯曲向下。

从他的高额上头发掉落下来

就像一群被逼疯的鹿

通过捕猎者在他们上方盘旋的景象

他们扔下鹿角，逃走了，

疯狂得像海中的波浪，

它们的鹿角互相盘绕在

它们头上像石雕一样的树枝。

它们信任的黑色枪口战栗着，

抖动并战栗着，珍惜时间，

心竭尽全力追随那雄鹿，

他们气喘吁吁直冲到冰川。

他的头发跌落到他的双肩

像一群被逼疯的鹿

一闪即逝经过瀑布，岩石滑坡，

恐惧致疯的鹿，于黑暗中蜂拥惊逃，

---

① 拉达，是19世纪俄罗斯民族志学家创造的，斯拉夫诸神万神殿中的爱和
欢乐女神。

在恐慌中欣喜若狂

比鸟儿更迅速！

他站在那儿——疯狂的，骄傲的诗人。

一块蓝色的碎布，像大海的一个波浪，

一条围绕他脖子的围巾，起皱的，缠绕的，

一颗被称为**基泽尔-E**[①]的钻石

放置在领带夹中，一颗神奇的星

在处女灵魂的眷顾下

他深红色的倒影

将那件蓝色斗篷的奋斗点燃。

你快乐吗，亲爱的淑女，

看见他的头发飘逸，

一条恐惧发狂的鹿之河

蜂拥踏过陡峭的被雪覆盖的岩壁——

硬挺的雪一般白，他的衣领？

在他八月的时刻，这个傍晚的时刻，

你的女儿——忘记了誓言，姑娘，

以你天蓝色的心灵，你站立

并梳理他鹰一样的头发，

像麦秸秆一样倾斜着

它的谷粒是珍珠。

就像风一样，它的

暴风雨的歌曲划开波浪

---

① 基泽尔-E，是阿拉伯语"almaz-e kizil"（意为"红钻"）的不精确的描述。

沉醉在海鸥的叫声中，
于是梳子滑过他的头发，
这另一个世界的孩子，
他的长头发犹如一块休耕的土地
在懒惰、世故的犁前面。
他既不睡觉，也不做梦，也不生活，
一道赤红的光芒落在他身上。
他用黑色鬈发爱抚着
蓝色石墙的图案；
他的双臂交叉放在心上
一个幽灵重重压在那堆石头上，
他离开这生命，被一些光亮吸引，
被一些景象惊吓，
他的身体靠在墙上
紧张地倾听他心灵的脚步声，
它的承诺从高处返回：
陶器装满水，
一个空花瓶，花朵荡然无存，
所有感觉都消失了。

一个露莎卡坐在他的脚边啜泣。
不明确的欲望驱使她
在这里，远离她的邮轮，
为了他，她倾听他的晚祷
一遍又一遍，这首
傍晚之歌降服了她，

降服了她和她的姐妹，

抹去夜晚森林所有记忆

那磨坊主以及他与恶魔的协议，

那磨坊主以及他与星星的契约，

他嘟囔着黑暗的魔法，

他们水下游戏的胆量。

当傍晚的黑色丝绸池塘

串联起星星的故事，

某人从这个词语的世界被带到

天堂去倾听这个世界的秘密，

并且从夜间天空看见地球

并且等着一个人在那儿加入他，

温柔，在寂静中消逝。

在他们的岩石上，半透明的，

那个露莎卡种族坐着梳理她们的头发，

隐约藏在杨柳枝条中，

一个迟来的骑手安抚他易受惊的马匹，

并且只有麻鸦洪亮的叫声

降低了调门，像磨坊外的牛。

疲惫的磨坊里那疲惫的曲调

用秘密的愉悦吸引心灵

一切似乎都是反对违法行为的证据。

然后黑暗在深渊中闪耀，

就像一种欺诈的异象

一个少女从河流的波涛中升起

骄傲地，简单地，充满神圣地，

开始歌唱。

她歌唱蓝色眼睛的狂喜

在一张光的蛛网后面，

水路的幻觉

投影在一种颤抖中。

然后那些星星以渴望燃烧着

加入单个的和音

那水的淳朴的信念，

露莎卡制造的舞动、飞溅的水，

古老磨坊笨重迟缓的动作，

树顶满是呱呱叫的乌鸦

和那些女孩夜间的幻影。

而现在骄傲又孤单地

你穿越镇子。

她的身体，在月光中

变成蓝绿色，很吓人。

她敲门进去。

他就在那儿。

她灵魂中的某些东西

头脑不能领悟。

她的仍未被夜晚诡计多端的冒险

触动的有预见的心，

催促着那些总是拥挤在街道上的人群。

在月光下露莎卡蒙着面纱到来

像一个新娘去她的婚礼，

她的双眼充满安宁；

脸红着，她盯着诗人。

夜间的眼睛。他们呼叫着飞走

进入天鹅的故乡，

闪闪发光像亚麻布花朵

在焦虑双眉的曲线之下，

闪耀着，恳求着，带着甜蜜。

"记着你来磨坊的频率

颠覆了我的聪明才智

用你盛宴的故事

和科学火焰的凯旋。

由于月亮已从天空坠落，

在那缠绕的树林里，他们闪耀像眼睛；

而闪电，训练成人类的步伐，

在马车运送整个人群，

取代温柔的马。

这旧世界被碾磨成

细白面粉

尝试那常识性的工作，

这旧世界死在马鞍上！

而在那尸体之上，勿忘我燃烧着蓝色火焰，

河床眼睛明亮的女儿。

我们曾经的世界在夜晚消失了。

摧残者，你甚至告诉我

我，露莎卡，与它一起死去，

那河流将永远不会再看见

以它时间之鹰的处女眼睛。

痛苦的信念之父，

你在夜间的沉默中很残忍。

我已经到来，为你的诗歌加冕。

把我算在你的仰慕者中。现在写吧！"

她停止说话。她抓紧他斗篷的一角，

后退一步，呆呆站着

看着他，浑身颤抖。

"杀人犯之父，残忍的刽子手！

你真的以为你死了吗？

潜伏的螃蟹会吞噬我吗？

它们乌黑的爪子撕碎我的肉体？

你为什么要毁掉

我们在黑夜和黑暗中追踪的快乐

并且永远抛弃我？

无论你想怎么称呼我：

一束光

在你的窗户上闪烁，

哀伤之河，神圣的奔流，

或者在豆娘的盘旋中从'是'转变'否'，

或者水的灵魂穿过数字的灵魂

蓝色豆娘在那里盘旋。

你拯救了理智

从我们不存在的水下，

不让我们的梦想留给死亡'但是'……
我是夜间眼睛的游戏，
总是很残忍，很狡猾，
在夜的怀中熠熠生辉，
一个骑手喝水的回水处，
或者一束刺穿了裂缝的月光——
难道除了传奇我什么都没剩下？
可怜我！勇敢一点，
避开你锋利的长矛！"

一些灵感触动了他的手；
他向圣母玛利亚示意。
"你和她是姐妹。我从未怀疑。
和她一起走吧，"他说。
"我不知道你或者你在哪里，
在此世的人民中。
水的新娘，星星的新娘。
牵起彼此的手前行，
像河的波浪流动着穿过一张网
或者携带着星座之网
进入那雄伟大教堂的昏暗中
像一幅巨大的壁画。
你可能注定要去流浪
如同波浪中的居民，
在日常中变得神圣
在白色教堂或者黑暗的马厩里，

像乞丐一样活在篱笆的阴影下，

在污秽和破布中变成陌生人，

越过海浪去享受尘世的快乐，

并成为虫害的巢穴

在你眼睛的神性中闪烁着，

睡在地上，睡在稻草堆上，

在夜的闪光之手的下面

在白桦树林里，眼泪之谷，

或在苦涩叹息的房子里。

要知道：你将会被所有地方流放。

苦涩的宿命等着你：

总是听到'请让开'。"

他沿着白色石阶

去到花园，在水瓶座下徘徊。

"我们发誓永远不会改变我们的誓言。"

他说。他举起手，摘下一朵花，

交给他俩，

"一年中有多少天，

很多次我想发誓

我的意图：我将沿着命运的石路

引领这些遭放逐者。"

像夜间乐队的鬼魂，

在一张长凳边，三个人影站着。

（1919，1921）

堑壕之夜①

女人的雕像，石质姐妹，
像哨兵一样站在旷野里，
望着绵延不尽的平原。

一个被沙皇征召入伍的人
蹲在堑壕里咒骂："基督
那些古怪的老女人，她们从哪里来？
太多死人明天要统计——
她们会把我们一个接一个扔到下边。"
"好吧，这是你最后一次翻身的机会。"
很快，星座的步兵团
将撤离田野；
现在时间懒洋洋地流逝；
就连思考都像是在浪费时间。

———————————

① 这首诗描述了战斗的前奏和内战初期的一次小规模冲突。这个背景——南
方广阔的草原——具有特殊意义，因为同一片土地在前基督教时代是战斗
和丧葬的场所，其标志是巨大石像的存在，粗犷的女性形象作为沉默的观
察者站立（见《女人石像》的注释）。鉴于赫列勃尼科夫的时间循环理论，
这种当代与古代现实的并置尤其重要，它将政治场景转变为对历史重复悲
剧的沉思。

"你在想什么，哥们——
你厌倦当一个英雄吗？
让我们齐声高歌，
然后上床睡觉，**好吗**？"

在军营有节奏的鼾声之上，
盖过了噪音，嘎吱声，沙沙声，
那《国际歌》的大合唱
吞没夜晚的草原，誓言
它自己永在天堂。
露水降落在草原上
在夜晚，一颗明亮的红色星星
在士兵的帽子上闪闪发亮。
　　　"……谁曾经什么都不是
　　　　现在将成为一切……"
这些勇士部族中哪一个会赢？
第一个人疑惑地瞪了一眼
肥胖，自大的莫斯科人；
另一个人，摇晃着，试图躲在
克里姆林宫城墙后面
两根长矛从两个海洋飞来，
一个来自北方，一个来自南方？
不——是沙皇走狗的冲突
一个被工党称作朋友的人。
在圣救主修道院墙上，
一个人潦草地书写：

"不劳动者不得食。"
即使捕猎者血腥的工作也是被祝福的！

从他们古老的《圣经》唱诗班
赶走那个诵经僧侣，
那权力被转换为
战争艺术的教室。
但他用毫不妥协的手
沿着铁路指定一个方向。
不——我不是他，我不是那样的人！
人类，飞翔！
他的脸是蒙古人模样——
巨大的额头，因忧虑而起皱，
那疑惑的眼睛直视着
穿过你——他唯一关心的农庄。
"铁路是唯一的出路！
扯淡已经太多了！
我的时代会到来，即使我
因追随沙皇而被遗忘；
然后你会有时间说话，一旦我们死了
我们看到一切；然后我们可以判断。
我派出一队科学家和专家
在不祥的预感中，发掘隐士的洞穴；
他们的手术刀将遗骸暴露出来
并在人群中举起一个女人的
手套，栖息动物巧妙制作的遗物。

他死了，这个奇迹创造者，
但那个女人的手套
意味着被行刑队处决的不祥之兆。
让它来到马肉市场
在莫斯科肉店里
马低头啃食着，
我以马肉起誓，我会成功——
我是捕鼠器，不是老鼠。
我以马肉起誓，你是我的见证人。
我要把它从铰链上扯下来——
即使上帝也应该阻止——
那扇通往雄伟大厦的门
我在那儿会有发言权。
我保证，如果那样对蠢货和傻瓜
看起来很愚蠢，
还是让大地像尸体一样静静躺着，
并把自己放在我手中。
当皮肤被剥掉
比马肉还要红，
我们的旗帜像鹰一样在空中迎风招展
把过去的日子撕成碎片！
我会团结全人类，
是很久以前想象过的整体的一部分。
士兵，游戏由你们决定！
垂死的白军已经弄脏了他们自己！
我们想用鲜花覆盖坟墓，

而坟墓提醒我们自己

就是花——转瞬即逝的事物，无人可以拯救。

当你叫我提起飞奔的马仰起的头

靠近天堂，

或者如同圣母，

当逃跑是为了拯救你的儿子免于屠杀，

那时只有游牧民族

谁来保护你的旗帜，

或者当你像一颗不祥的星星闪烁的时候

在这个部族的人身上，

莫斯科，你仍旧高举金色的火炬

走向世界，我们自己的自由女神像

你自己的露莎卡血液浇灌

这些腥红的被破坏的地基——

但你是对的，什么让你活着？

你的连衣裙里藏着蕾丝内衣：

当你在城墙边站起来

就像一座发黑的断头台，

当我们在拥挤的梅登菲尔德①

你用绷带包扎了战争的伤口。"

蒙古东部的面孔，流淌的

血液扭曲了斯拉夫人的容貌，

一个崭新的形象

强大地站起——哦，你的时代！

---

① 梅登菲尔德，19世纪末和20世纪初以其医疗设施而闻名的莫斯科地区。

该死的，竟是个梦！在堑壕里

都很安静……我们头顶的星星在燃烧。

明天会有一场战斗吗？不太可能。

异教徒罗格内达①的古老坟墓

依然守护着她的处女骨。

那父亲之草移动他们的叶子，

而你出现了，一个厚颜无耻的怪物

用钢板装甲。

来自库班山上的着红装的哥萨克。

就像上了发条一样，以它钢甲的肚腹

慢慢爬行，践踏人类！

像洪水前的蜥蜴一样爬行

沿着红色堑壕的联络线。

树木倒下，阻断小路，

挖掘壕沟的前哨不算什么，

嘈杂的机关枪震动着，

对准瞄准器，从枪匣中射出子弹。

看起来好像一头熊蹲在

壕沟的蚁丘之上，

所向披靡，用它有力的巨大爪子

舀出明亮的蜂蜜。

强者的战利品——死亡之床——

还有弱者的呻吟：哦，上帝！我的上帝！

---

① 罗格内达，弗拉基米尔大公的异教徒妻子，以其非凡的美丽而闻名。

这动物背部的鳞片再次发光
然后沙漠似乎又像它曾经的
样子——但忠诚的机关枪
像摇钟的人，呼应着
安魂弥撒的祈祷。

在忠实朋友的帮助下，
骑兵飞驰穿过平原。
像客人，老朋友回家
矛尖刺入惊叫的身体。
马向前跃进……
看那黄色的牙齿在咧嘴笑！
一个紫铜色十字架一遍又一遍
在尸体上反复拍打着。
就像斗殴的小伙子："砸他们的脸！"
从白军军营中响起。
他的伤口抽搐着，浑身着火，
子弹穿过骑兵指挥官骑坐的
微微发亮的骏马
身上披挂的圣母勋章。
他的战马是一匹跨步骏马。
在前线栅栏后面
敌军的骑兵在等待——
他的圣歌响彻晨光：
"朱拉维尔　茹拉夫卡，朱尔　朱尔　朱尔……"
还有愚蠢女人的石板，

渴望家乡吉他的弦音，
为了车轮和辐条的结构，
为了童话露莎卡里的亲缘关系，
然后不知从哪里，传来一个声音：

"得到一磅纸币，
我要给自己找个新娘，
我要用我的剑刺她，
然后骑马穿过田野。
现在是强奸、抢劫和杀戮
当我们行军穿过黑麦田，
在你的来福枪管里插上一支丁香，
亲吻女孩，说再见。
我们要给自己找个坟墓
羽毛般的草丛在那里摇曳。"

那是某人唱的歌。
一个老兵在咆哮：难道他们爷爷的命运对他们来说还不够吗？
"好吧，你能得到的全部就是你自己——
老人们都知道，以前发生过一次——
是一堆松木板棺材。
但我们最好还是待在家里
种豆子，或装修
新房子，种卷心菜或者黑麦。
而不是在这里要刀弄枪。"

然后走出西徐亚人的古墓

鬼魂的儿子走过来，

他们在他们面前牧马，

把他们的头发缠在马的鬃毛上，

挥舞着他们的长矛，威胁。

他们用剑砍杀敌人，

然后突然都跑到一边，

他们的祖先打仗的嘶吼声回荡

飘过无边无际的草地。

战马咆哮着冲锋，摇着马头

一些人跳到马背上

与敌人摔跤、扭动、厮打；

其他人用握紧的拳头抓牢

马尾，在后面追赶；

他们的脚还卡在马镫里，而

他们的嘴在嚼草。

然后很快，受过去勇敢的鼓舞，

他们再次跃上马背

或抓住他们怀里的伤兵。

一群狼的抓挠和沙沙声……

一根弯曲的干枯的松树枝

仍然藏有坚固的巢穴……

所以莫斯科之雪像泡沫一样融化

在春天的火焰来临之前。

当你泪流满面，

老莫斯科，当你哭泣时，请记住：

那些眼泪总有一天会醒来
就像远处海面上的波浪。
但黑海却难以抵达
珍珠灰色的瓦尔代山
向莫斯科张开双臂。
长矛碰撞在一起
大海的声音回荡。
他们在黑麦的秸秆中
在消失的子弹"嗖嗖"声中发出声响，
在锋利的刀闪闪发亮的那一刻，
大海的波浪是迷惑人的：
他们的吼声重演着深海的涛声，
灰色的海鸥潜水寻找
不被任何人辨别的猎物。
他们戴着男人的头盔
大海的敌意，海洋的白色雪崩，
洪水永远从这些金发野蛮人
从这总是无辜的受害者部族中涌出。

草原上三个少女在站岗，
提醒过客这是一片古老的土地。
欣喜若狂的荒原女祭司，
但女神石像的手臂
抱紧她腿上沉重的石头
颗粒状的手掌
压在那沉重的腿上，

而死者的眼睛暗淡，

古老行为秘密的见证者，

那女人石像看着。

石像

注视着

人的工作。

"少女头发做的弓弦在哪里，

弯曲的弓像人一样高，

那一码长的布箭镞，鸟尾做的尾翼，

我年轻时就知道的女战士？"

问题来自女神石像

勉强翕动的嘴。

黑蛇盘成环状

对神秘的存在发出嘶嘶声。

空洞，乏味——草原女神

盯着动物的脸。为什么

战士们凶狠的双手

在寺庙旁抢夺死者

而狂热的军团

在追逐中愉悦地飞翔？

痛苦的石头见证者，告诉我们——

战争之后会发生什么？

斑疹伤寒。

（1919）

夜 袭①

得把他们抓走。

就是这儿，

就是这38号。

准备好，

我们要进去了

踢开门冲进去！

好的先生！加把劲！

　　长官，随你便！

　　直接冲进去……

我们是海军陆战队员，女士，

不是警察，看好了。

好吧，你在编造谎言。

你永远都不要尝试

耍弄海军陆战队士兵。

这公寓的38号？

　　这是数字38。

　　小伙子们

---

① 这场"夜袭"大约发生在1917年之后的彼得格勒，主角是一群海军陆战
　队员，是一起特别事件的诗意表达。

想参加派对吗？

(他摇了摇头，

她真的很老了。)

好的，女士，你叫什么名字？

你在说什么，女士，

给我们带路，女士，

我们必须要去检查一下。

你只需保持冷静，女士，

不会有伤害，女士，

我们只是搜查一下敌人。

你们谁去看门——

那里没人。

一些人检查上面的

地板。哥们，在那边！

好的先生！

来吧，队员们，我们把它弄出去！

抓着他们的短发。

鬼祟的杂种

可能藏身在任何地方。

一群吵闹的粗暴小子

把枪插入铁护套，

抓住不确定的东西——

他们从不要弄敌人笨蛋。

听着，女士，交代吧，怎样？

看看这支来福枪，可以干掉你

即使你的头发已经白了。

你男人藏在哪里？

你从哪里得到你的藏身处？

听着，女士，我可是个老海盗

我要的是现金。

我嗅到敌人的味道了，女士，

我的鼻子能闻出他们

现在，我嗅到敌人的

气味。你闻到没有，兄弟？

今晚

给我们一些敌人的情报。

像射击一样精准。

　　这是我所有的东西。

　　你们可以拿走我的珍珠项链……

值多少钱？

　　……值四十，五十，或许。

　　或许可以请大家喝杯啤酒。

别站在那儿瞎扯，

拿上东西，我们走！

是时候告发了。

没人在这。

承担起你的责任，

没有多余时间，

闲坐着。

来吧，小伙子，

带走女士的玩具，小伙子，
我们返回基地去。
我们走吧，你们海军，
能搬走多少就搬走多少。

嘿，等等！女士，
在你花哨的钢琴上来一首波尔卡舞曲；
让这群水兵看看
一个女士有多热情！

（一个声音）
妈妈！妈妈！
保持沉默，不要说一个字！
敌人不在这里，是吧？
明天你会因为这个遭报应的——

朋友，我老了。
（军人，平民
贵族，谁
能区分他们？）
我知道的都是我被告知的。
我的头发都白了。
我是他母亲。

砰！砰！
枪声，烟雾！
停下！

你要去哪，哥们儿？

放下武器！举起双手！

我要杀了这混蛋吗，伙计们？

好了，聪明的小子，靠墙站好！

没错！就是这样！

好吧，看看宝贝儿金色的鬈发，

甚至还没有学会剃须！

在炉子那边，敌人。

脱光衣服。让我们看看你是什么样的人。

>抱歉，打扰了

>你们的登岸假期，伙伴们——

>对不起，我的射击太疯狂。

这混蛋在嘲笑我们！

这是侮辱，或者只是勇敢？

我应该射杀这混蛋吗，伙伴们？

>要打爆我的头，

>水手们，庆祝你们的岸上之夜吧？

>每个人都说你是好小伙——

每个人都是对的，活见鬼！

我们是海军陆战队员，海军，如果我们想做某事

就可以做得很好。

不想让你看这个，女士。

可以，小伙子们，那会是什么？

射杀那个混蛋？

>但他是我儿子！

把你的衬衫脱掉！

不想在什么东西上留下洞孔

被别人利用。

你要去的地方

你不需要衣服。

当你在六尺深的地方

没有女孩需要取悦。

把裤子脱了，伙计。

全部脱掉。就是这样。

快点，你觉得我们还有一整天时间吗？

稍后，你可以慢慢来。

你要去的地方，你可以永远休息。

  妈妈。再见！

  我不会回来了，

   别让夜灯一直亮着。

来，孩子，把这些衣服拿走。准备！瞄准！

  这么久，笨蛋！谢谢射击！

开火！开火！开火！

砰　砰　砰！

砰！

谢谢这子弹？

鸽子蛋大小？

麻雀蛋大小？

谁他妈在乎？

现在他买下它。

好好看看这小笨蛋。

为了他自己的利益，也太聪明了。

再来两枪——

一枪射中地板，

另一枪

打到空中！就是这样！

让这混蛋滚出去。

我们是海军陆战队员，我们是飞翔的海的士兵，

我们抵着肩膀射击，

我们白衬衫的肩膀，

我们蓝衬衫的肩膀。

我们见到他们，就要和他们战斗

我们遇见他们，就要打败他们。

我得到蓝色喇叭裤

我的枪在手中舞动

我不穿花哨的衣服，我得到的全部

只是我肩膀周围的深蓝色大海

和我的紧身白衬衣。

基督的母亲。

嘿，伙计，我们现在做什么？把他抬出去？

带他一起走？

让他躺在这里看来不太好。

该死的！这不是我们的工作。

　　妈妈！

现在什么哇，你会不会看看那个！

十七岁，快看，她的头发变白了！

黑色的眼睛，充满火焰。

你们海军陆战队员把雪带上岸
半个钟头，我的头发就变白了！
如果你不喜欢盯着老太太看，
别看！转过身来！
弗拉基米尔！沃洛佳！弗拉基米尔！
妈妈！
他们扒掉了他的衣服！
冷静下来，小妞，死人
不需要衣服。
不能让一个死人难堪！
你们这些人，站着轻松！小心你的嘴！
混蛋！开玩笑吧
你杀了一个人！
听着，女士，看见这件衬衫吗？
我永远也买不起，
为什么把它射得都是洞？
定制的。看到吗？没有血迹。

刚踏上楼梯，小分队返回，
一只手放在肩上。
又抓获一个。躲在阁楼里。
扣扳机射击周围的几个。
没问题！
就该这么做！
我母亲在哪里？
听着，瘾君子，不要怪我们

你的头发变白了。

在我们海军陆战队员出现之前

在楼上，你知道这里下过一场雪。

在我们的海风歌唱之前。

你用机关枪

塞满地下垫层。

但管他呢，我们会忘记的。

这只是早春，

那是你头上的

一场苹果花暴风雪。

控制住自己，姑娘。

这是秋天，是树叶落下的时候。

虽然不是最好的葬礼花圈，但还是——

碾压它！伙计，

你为什么要打扰她？

干她！好吗，瘾君子。

靠墙站好！

    哪儿？这里？像这样？

    干吧，我已经准备好了！

好吧，打爆她的头！

停下！

不再流血了，你听到吗？

没事的，宝贝，你可以转过身来。

血？你管这叫血？

这些敌人的红色血液？

他们滴着尿，伙计，尿和尿，

到处污染我们的水源！

他一定是她弟兄。

也许是她丈夫。

  弗拉基米尔！妈妈！

别忘了为爸爸叫喊，小甜心。

无论如何交代爸爸到底在哪儿？

和其他纯种马一起消失，

急着离开这个国家？

爸爸是最受欢迎的？

为了让他的屁股冲过终点线？

好的，小甜心，

去你的房间。待在那儿。

见到你真不容易，宝贝，放轻松。

今晚，我们要在这儿喝点东西。

别哭，大姐，走开吧。

这里不是平民待的地方。

回家去，我们也有姐妹，

只是家乡的女孩，没有像你这样的

惹火的城市荡妇。

滚出去，老女人

以你的方式处理这个问题，

我们会让你独自一人。

我们有时间，他们有一面镜子，

我要给自己刮胡子。

镜面不平，

我的脸不太正。
来吧，伙计们，让我们把这破烂
举起来扔到窗外。
没有人再需要它。
我们多想这里有大海，
大海般的巨浪，
以及几只海鸥。

该死的，这镜子！
一记凶猛的左拳和右拳打在它脸上！
小心，你割伤自己了！
看上去就像你打破了一瓶红墨水。
一个战士，被一片镜子割伤！
有时镜子是残忍的，可以
贴近看。没人想被展示。
有人把灯关了。
把你的手帕给我，
哥们。

　　弗拉基米尔！

　　沃洛佳！
看，女士，他死了！他死了！
今晚！就这样死了！
他听不见你说的话，
他躺在地板上缩成一团！
太糟糕了
可怜的弗拉德。

这是什么鬼东西？

可以发出叮当声的玩具

富裕的敌人家女孩的娱乐？

她夜夜坐在那里

梦见她的男朋友，

为她弹奏一首欢快的小曲。

琴键是黑白色的。

白色跟着黑色

黑色紧随白色

就像白天跟着黑夜。

有人弹过这玩意吗？

是啊！我能用我的枪托

弹出节奏。

嘿，你们帮帮我们

把它推到这里来！

现在我们来找点乐子。

砰——嘭，唱出来，喊出来，

然后是一声微弱的抱怨，

就像一只被遗弃在院子里哀嚎的小狗。

然后是一声咆哮和隆隆的炮声

还有某些人大笑的回声，

乏味的窃笑，

露莎卡的笑声。

它们挤在琴键上。弦声。

琴弦在打哈哈，偷笑的琴弦。

然后是枪托的击打！

敲击—敲击—枪托—枪托！大海暴风雨般的笑声！

水兵的笑声！海量的拳头飓风

不断敲击着琴键！

嘭！敌人战壕里的手榴弹！

在他们的防空洞里，那些家乡小伙子

争论着圣母玛利亚的假期。

他们敌人的身体满足了

某种需要，然后是蠕虫。

换了两件衬衣，

一件比另一件小。

两个大胃王，只有一道菜。

天哪，它发出多大的噪音，

猛地跌向厄运！

那令人着魔的刺耳金属声

叮当响个不停。

更猛烈地锤击，哥们，

像蜂群一样发出嗡嗡声

当那亲爱的人

到来，收集他的梳子。

哇！砰！

阿特萨方式，小伙子们，

这是海军陆战队的音乐！

敲出节奏，小伙子们，砰，砰！

打断它，别吵了！

敲击它，寻欢作乐！

砰砰，打翻它

吹起来！这就是我们大海产生泡沫的方式

动起来！这些坏到家的小子们！

阔佬们会付钱的

当聚会结束。

还有这堆狗屎，

这个大盒子里有哀嚎和呜咽

窗外！

坠落到下面的街道上

叫醒邻居，

路要走！

这才是水兵该做的工作。

大海会变得波涛汹涌，对吧？

这就是我们的工作，

我们不仅仅是水手，

不是该死的失败，

我们是海军陆战队！

所以把它甩给他妈的所有人，

巴-鲍姆！砰地关上！嘭！克拉克！

克拉克！巴巴伯姆！哇哇乌姆！

现在海面越涨越高

现在海浪越来越猛，

现在风暴正处于高潮。

大海的力量！嘭！

它砸到人了吗？

没有。只有三只小昆虫

出去看看。

那架钢琴完蛋了，

肯定扬起了一些灰尘。

你的步枪呢，老兄？

看看屋顶上的麻雀

相反？你以为你可以搞掂他吗？

只是看看。

准备好了？

扑通！

抓住他？

已经抓住他？

射杀他

死亡。

那个老女人去哪了？

女士，你还在这里吗？

给我们弄点吃的，女士，

烤牛肉和酒，女士，

下面铺一块干净的桌布。

花！眼镜！

我们想搞个派对，就像

你们这些坏蛋。赶快行动，

你们收拾好东西。

有牛排吗？

快点，

在我们

让你这该死的脸变得更好看之前。

我们要吃饭了，小伙子们，

我们要狼吞虎咽，小伙子们，

大嚼特嚼，

给我们该死的嘴巴喂送饲料，伙伴们。

她会狠狠教训我们

我们咀嚼，以至于下颌都受伤了。

只有某些事物发出臭味。

死了的东西开始发臭。

　　弗拉基米尔！

听着，小伙子们，她想要弗拉基米尔！

她不想要我们！

得给这位小姐一点时间——

等等，宝贝，我们怎么办？

嘿，宝贝，我怎样！

嘿，女士，我怎样！

嘿，亲爱的，我呢？

哎呀！

真他妈的好笑。

听他发牢骚，

就像该死的脓包。

别吵了，你们这帮家伙，

对死者

要有点敬畏。

那个叮当响的盒子呢？

你用棍棒打得好

在它撞击地面之前。

那个砰砰作响的盒子确实能制造音乐

在掉下的过程中。唱出来，

回荡着，像铃声一样响起，

像死鸟一样拍打着翅膀

飞向地狱。

这就是那种偶尔发生的事情

当海浪变得汹涌的时候。

嘿，听着，他们门前有一个铭牌，

写着："请敲门。"

我们的一个队员在上面写了字

现在上面写着"请干，"

就在死者的门口，

在他妹妹可以看到它的地方。或者也许

她是他的寡妇。哈哈哈。

真是个混蛋。

尽管如此，她还是会为很多事情哭泣，

那个年轻的寡妇

她的头发变白了。

我们是风，在她的头顶

我们刮起暴风雪。

那来自海上的风。

海军陆战队员是大海的士兵。

这就是我们，小伙子们，无论我们走到哪里

我们会带来悲伤和雪。

我们是大海！

我们是大海！

数一数我们身后留下的尸体。

那醉酒的水手的大海，

那刀身上刻有花纹的匕首的大海，

那海盗的大海，

那不平静的大海，

一阵红色法兰绒的风暴！

那不平静的大海，

那普加乔夫的大海！

我对敌人很敏感，

一英里外就能闻到那帮混蛋的气味。

今晚

让我们虏获一些敌人。

那个混蛋想要反抗！

妈妈的男孩

躲在衣橱里。

他开火，未击中，

他大笑。

于是我说："好吧，聪明的孩子，停下来！"

而他说：

"要打爆我的头？"

于是我说："该死的，对！"

砰！砰！砰！

还有他嘲笑

和摇头的样子，

好像他在问

我们正在卖的东西的价码。

就像我们在做生意。

对，我们就是在做生意，

不必客气，

我们最终都是一样的——

没有人会死两次。

该死的搞什么。

那只是他的运气。

"该死的，对，"我说，

"我们是海军陆战队，我们是海军，

只要愿意，我们可以变得友善。"

砰！砰！砰！

事情就是这样，孩子们——

那边有个年轻人，

"要打爆我的头"

"该死的，对吧，"

我就是这么跟他说的。

砰！砰！砰！烟雾！

烧焦的空气。

看着他和他金色的鬈发

躺在那儿，直到他妹妹

过来吻她

再见。

"再见，宝贝

是时候说晚安了。"

嘿，小孩，小姑娘！你要去哪儿？

只是把猫赶出去。
别动!
把猫交给我
我把她弄出去。
扔到该死的窗外!
宝贝,你叫什么名字?
小姐。
猫咪会更好的!

你们的桌子准备好了,军官们。

老妇人站在那里,
像松树一样笔直。
你可以告诉我她是弗拉基米尔的
母亲。她的眼神很严厉。
把酒桶推出来,小伙子们,
现在是六点,是派对的时候了!
把好东西倒出来,伙计!
我们先别想这个。
喝下去,你们这些海军陆战队员,
狂欢一下,你们这些海军陆战队员,
更强硬,更迅速!
掀起一些波澜!
让我们听听大海的声音,
那喝醉的大海!
"而那海盗首领狼吞虎咽

一如他将烈酒一饮而尽……一饮而尽!"
这就是生活,小伙子们!
坐下来,诸位,
我们为自己办个派对,
而美酒会一直流淌到天明。
"推出那酒桶
我们都会醉倒!"
你想抽烟?
我想要光!
给我一盏灯,该死的,
我自己的熄灭了,
一点一点,刚刚熄灭。
"萨玛塔,老爷子,你放弃了?
他什么都不说,只是坐在那里做梦。"
老人坚持自己的想法,
陷入沮丧中。
连同他的胡思乱想。
那又怎样?我们得到了我们想要的酒——
伏特加的海洋,一整个满满的大海,
所以上帝可以有云彩,
我们不会为此与他作战。

墙上有一幅上帝的画像
另一张则在我的胸口,
钉牢,荆棘皇冠和一切,
用蓝墨水在我的皮肤上画出——

这就是水手的工作。

墙上那张里有一根蜡烛在燃烧——

比我们得到的有更美妙的烟雾！

是的，他坐在角落里

抽烟

并给我们眼色。

我真想把他撕成碎片

因为火炉！把他碎尸万段。

为花哨的火焰提供燃料，

这该死的产后忧郁症，

他受到像女孩一样的诱惑！

上帝的脸是女孩的脸，

只是他有胡子。

有一点胡须垂下来

最后两点

像那朦胧混乱的羊群

沿着湖边放牧，

像一场夜雨。

他的眼睛像黎明前的天空一样蔚蓝，

平静，无所不知，

朴实而美丽，

温柔无言，

他们低头无声地责备，

我们这群醉鬼

杀害圣徒的人，

该死的混乱

我们，杀死圣徒的人。
当心，他会下来
然后开始鬼混。
面对面，眨眨眼，
就像轻按一下打火机。
他的眼睛像天堂一样黑暗，
有一个无所不知的秘密。
在他的影像中呼吸，
蓝色思想的湖泊！
"你想打爆我的头吗？"
打爆我的头，女神，
你还剩七颗子弹。
穿着漂亮的蓝色婴儿服？
谢谢，非常感谢
你的信和卡片。
海军陆战队员们！海军陆战队员们！
他说他会的！
他不停地拍打着他的蓝色婴儿服
就像鸟儿拍打翅膀。
他的目光直入我的灵魂，
他们全速飞行，拍打翅膀，发出声响
像绞刑架一样冰冷
他冷酷无情地盯着我。
怒目圆睁，像恐怖故事一样凝视着，
他的蓝眼睛像喧闹的鸟儿一样飞行
直入我的灵魂。

像两只海鸟，巨大，深蓝色
就像暴风雨中的海燕，预言最坏的情况。
他们的翅膀呼啦啦摆动着，全速
穿越我！穿透我的灵魂！
是的……我喝醉了……这确实发生了……
我想让他现在就杀了我，
就在这张桌布上
就在酒渍和碎玻璃的闪光中！
你们，你们这帮家伙，
你们所有这些圣徒杀手，
穿着白衬衫
戴着大海的蓝色发箍，
你的水手裤，黑色喇叭裤，
蓝色翅膀在你倔强的脖颈上飞翔
像海浪翻卷，像白浪汹涌，
就像蓝色的海风，
黑色的燕尾在你的颈项上飞舞
前面有家的铭牌，你的船的名字，
哦，海军陆战队的演讲，我们水手的家园，
远航的要塞，哦，祖国力量的名字！
你们，你们这帮兄弟，
你们这海上流浪汉的船队，
你们穿着粗笨的靴子跺脚
在甲板上或者岸上，
当遇到困难时，你从不动摇——
你甚至不怕大海。

现在听我说，听我说——
我想倒地而亡，当场被杀。
而那杀死我的子弹，
我想它从那里来，
从墙上的那张脸，从那里
那步枪的光泽，这样，我就可以吼他：混蛋！
直面我的死亡。
就像那个孩子对我大喊大叫
然后发出一声很酷的笑声
正对着死亡的弹夹．
我闯入他的生活，杀了他
就像黑暗的夜之神灵。
但他赢了，他用笑声击败了我
那回荡着青春的玻璃碰撞的叮当声。
现在我要征服上帝
带着和他一样的朗声大笑，
虽然我现在的思想
是黑色的，沉重的，伤痛的。
上帝，我喝醉了！

那老头真是喝得烂醉。
该回到船上了，我们走吧！
不，等等——我知道我醉了，但是听着……
听着，让我们抽根烟吧。
我想和你心交心地聊会。
你创造了很多奇迹——

但你从未当过父亲，对吧？

别管我是怎么知道的，我就是知道。

你是女孩。留着胡子。

你去田野里采摘

把花插在头发上

然后你看着水中的自己。

想知道你是什么——

你是一个蓝眼睛的乡下女孩，

乡下农民的女儿

长着卷曲的汗毛。

这就是你。

你这该死的女孩！你想要小礼物

我给你带些香水来。

想去约会吗？

告诉我什么时候，

我会刮个脸，礼貌地出现

给你送花。

眉来眼去，叹息着，也许

我们可以在木板路上

散散步。

手挽手，

像其他人一样出去约会。

给我一个轻吻，宝贝，

喝点小酒，宝贝，叫我宝贝，宝贝。

……哪一种天堂里的艺术，宝贝。

各位，你们等一下，

不要走，不要那么疯狂！

一条有着热烈的浓雾般眼神的美人鱼——

露莎卡宝贝，喝了它！

哥们，伙伴们，

你觉得我们还会在一起吗？

我们以后会成为好朋友吗？

哦，我有一小瓶自制的酒，

把上帝灌醉，摆脱他的忧郁，

所以，把那些小妞叫来，让我们开个派对！

去天堂，每天下午三点到六点

都恰好在家。

前进，前进，

只有小孩会害怕，

我们现在都是大男孩了……这不是太糟糕了吗！

我们要盲目地饮尽天上的圣徒，

我们要为我们的敖德萨妈妈干杯——

我们要看看上帝是否有光

仅此而已。没有更多的话要说了

嘿，哥们，你在流浪——

干杯！——基督！

他的嘴唇在动，他在说什么，

他妈的就像鱼嘴在说话，说些什么事情，

可怕的东西，一句话，

可怕的东西，

伙伴们，这是一个可怕的词——

开火！

——你喝醉了！——不，我们都醉了！

将来会甜蜜地看见你！

你想打爆我的头吗？

老女人！该死的老婊子！

你做到了！你把这地方点着了！

基督的烟雾！救命！我们会被烧死的

我不在乎。我很酷。我甚至很快乐。

我会站在这里，梳我的头发，

准备检查。

救世主！你是一个混蛋！

来吧！领袖，来吧！我们必须突围！

用你的枪托！

这是一扇铁门！

我们该怎么办？

被烟呛到？

先杀了我！

我们该怎么办？

（老妇人出现）

你想做什么就做什么。

（1921）

裂开的宇宙

奇迹世界

1

学生（他砰的一声合上书，闭上眼睛）：
我在做一个奇怪的梦：
一个小女孩把我的国家捧在手心，
然后把它扔到虚空中。
它类似一只小小的红色昆虫，一只甲壳虫
皱起它脆弱而破烂的翅膀。
它很小，很累，快要死了。
她的母亲从一扇敞开的窗户里喊叫：
"你放下那东西，去洗手，
听到吗？""噢妈妈我会的，"她说，
"看到没？它掉进水里，那儿靠近窗户。"
然后她自己坐到窗边，编她的辫子
喝着柠檬饮料。
我的国家灭亡在即！
噢老师！多么痛苦的一个梦！

老人：

万物都在涌动。我们已离开峰顶，

沉溺于低谷中。

当罗巴切夫斯基空间①

照耀在我们旗帜上的时候，

当我们开始感知到

他透明的多边形

在每一张活生生的脸庞上

然后我们的诗歌分解腐烂像死人的肉体

变成最简单的粒子，

而那诗歌骷髅笑了

预告语言的死亡

离去，只剩下理性语言的骷髅——

然后事物靠近来到边缘，

最敏锐的人死亡，燃烧着先见之明。

早晨，许多声音在屋顶上歌唱。

看它怎样升起，

那衰败国度的太阳！

它的第一道黑暗光线

闪耀在群山和我之上，

我们是死神巨大的太阳

燃烧的镜子。

而那沉睡的山谷

------

① 罗巴切夫斯基空间，几何学术语，指截面曲率为常数的黎曼流形，它包括
了欧式空间、球面、双曲空间为其特例。

仍在收集他们的谷物。

儿子：

听我的。当许多人

在极深的水中死去，

死在家乡的黑麦田中，

没有人写下发生了什么。

那时我许下一个承诺①，

并刻在一棵沼泽边的白桦树

天蓝色的树皮上

我擦刮那艘我从历代记中选取的

船的名字。

在那天蓝色树皮上面

我描画身体的轮廓，烟囱和波浪——

我，这个聪明的巫师——

我把冲突拖入遥远的海洋，

我乡下的沼泽和白桦树。

现在谁会赢？我于乡下的出生

还是铁甲海洋的狂暴？

我承诺去理解每件事物，

---

① 儿子的誓言重复了赫列勃尼科夫在得知对马岛灾难（1905年日俄战争中日俄两国在朝鲜半岛和日本本州之间打了一场海战，战役以日方大获全胜而告终，俄国第二太平洋舰队三分之二的舰只被摧毁，几乎全军覆没，而日方仅损失三艘鱼雷舰，这是海战史上损失最为悬殊的海战之一）时所作的承诺。他在《自我陈述》中写道："当我听说对马海战时，我发誓要发现时间法则，并在一棵白桦树刻下了这个承诺。"

去宽恕每件事物和每一个人

并教育他们

这都是如何发生的。

我收集旧书，

用记忆的旋转镰刀收割数字，

用我的思想浇灌它；弯下腰，筋疲力尽，

在海边我竖起柱子为了

寻找天空中对于诗歌的一种支撑。

我建立时光的白色神庙，

用诗歌和年轻人的生命填充它们，

神庙从死海中凿刻，

我发现真相，庄严而明了，

像神祇般他们进入我的神庙，

张开双臂迎接我，

并用他们的呼吸充满空了的白色神庙。

我的思想，极度精确，

就像一颗煤炭燃烧的心，我把它放在

宇宙死去先知的舌头上，

放在宇宙呼吸着的胸膛中，

然后我突然明白：时间并不存在。

在天使翅膀之上的高空中，我同时看见

过去和将来的一切。

我看见三三两两的力量，

这世界钢铁般运转的主要动力，

数字的弹性语言。

未来会发生什么对于我是清晰的。

我如同佛陀般微笑，
然后突然我开始呻吟，
我举起手，口吐白沫，
而闪电撕裂我的肉体。
你看见点燃的火柴燃烧起来
在黑暗的弹药库边，
一旦栅栏隔开，无法攻破？
你看见爆炸混合物吗
工人和工厂主的，
国王和他们疯狂追随者的？
看：一些庞然大物将把我们甩出去，
我们将从地球行星我们的座椅上坠落
进入群星那广阔的深渊。
你准备好一头栽进死亡吗？
来吧，像泳者在死亡之水中
我们将从水里挤过去，
用毫不懈怠的臂膀
划开我们的路穿过死亡之河。
游泳总是让人精神振作。
尽管一开始并不容易。
噢，老师，和我一起来！

老师：
先想想。

学生：
我想过了，也下定决心。我走了。

老人：
绿色叶子像蝴蝶
再次覆盖那棵树；
每棵树都是一个穿着绿色的渔民，
一个穿绿衬衫的渔民
撒开他的绿色渔网
在天空和海洋无尽的蓝色中
网住那勤劳的太阳。

2

年轻领袖：
噢，同志！
你看见在你面前的宇宙的理性骷髅①
和银河的黑暗交织——
游牧部落之路，他们有时这样叫它——
让我们升起一把云梯
去包围那些要塞般的星辰！
让我们像武士击打我们的盾牌，

---

① 宇宙的理性骷髅：将宇宙描绘成一个头骨，可以追溯到古代耆那教的宇宙
观。耆那教的影响也可在赫列勃尼科夫其他诗歌中发现——特别是《俄罗
斯和我》和《亚洲，我已经使你成为我的痴迷》。

让我们打破宇宙那理性骷髅的禁闭，

让我们像蚂蚁一样猛冲进去

群集在腐朽树墩上与死神一起发出嘶嘶声——

　　以致它头脑机械，

并且摇动这天堂木偶的细线，

这玩偶的眼睛在夜里闪耀，

引得她移动臂膀，张开眼睛。

那儿飞轮渗出油污

移动头脑的机械装置

那里有齿轮和绞绳，

你将看见我在胶带上

看穿那第一志愿——

破门而入的一个高级祭司，

用那神圣的枷锁砸碎他的路。

一个扒手撬开高高在上的天堂！如此偶然，

如此对峙，在词语的舞会上！

我们将把它变成一个玩偶！

让它眨动眼睫毛，

学会说爸爸和妈妈！

让我们攻击那机械！

我们将会让天空变成一个说话玩偶！

所有你们伟大设计的孩子们，

跟随我！

3

让它快点!
推它更高!
那儿,就在女巫的耳朵中!
更多!更多!
对着她头的右侧!
她永远也摆脱不了我们!
梯子现在快了,
对着她头的右侧。
凿子准备!去吧!
越过我们所有人的肩膀
摇晃亲爱和骄傲的海洋。
现在用你们的钻头和你们的机会!
炸药,现在你的机会来了!
击碎那宇宙的骷髅!
蚂蚁般英勇,
夜晚般不为人知,
我们将跳跃到那骷髅的侧面
开始行动。
太阳在我们的头发上闪闪发光,
让我们都戴上深红色的战士盔甲。
那最后的脚步!明亮犹如全世界的黎明!
现在!我站在骨折的骷髅上,
我的手指摸索着天堂。
一个接一个,让我们跳下去,

绕绳下降像高山攀爬者。
我们已远离地面
通过我们攀爬多年的估测。
我们将翱翔进入天空
而几千年后，我们将回到地球
像模糊的灰烬。
再一次在机械中
一个播放阴影图片的屏幕开始闪亮，
还是那张脸，反映
在那蓝色的乳白光亮中。
看！那是她，她仍然在这儿，
那个手捧甲壳虫的女孩，
仍然坐在黑暗的窗边，仍旧疑惑着；
是和不是仍旧舞动着它们的翅膀
这儿有一张人类个性的布告，
旁边是个阀门。有时候在这儿写作
对我具有决定性意义，而我必须读出来：
"陌生人！你已突然来访
进入这个世界。
如果你旋开这个阀门，
你将会拯救这只昆虫，这只你爱的瓢虫。
那只穿红外套的昆虫可能正是你的国家，
你的故乡。只有思想和原因
能帮助你拯救它。
如今它在水中挣扎，快淹死了。
这是我意志的阀门。

旋转它！立即行动！看，它是如此简单!"

年轻战士：

我已经旋开它。完成了。

那朦胧的世界仍像以前一样，

但那甲壳虫如今在一朵花上休息。

而如果它真的是我的故乡，

它再次从灾难中获救，通过

阀门手轮一次不复杂的旋转。

为我们所有人喝彩！为不用寻找援助喝彩！

"妈妈！我刚刚做了一个最伤心的梦！

某个比我强壮得多的人

操控了我的意志

然后我救起那只瓢虫，看！

现在它得以晾干翅膀

飞向它喜欢的任何地方。"

（1921）

古尔-毛拉的小号①

1

哈克②！哈克！

这是一位从山上下来的先知！

从人群的喉管里，如同鲸鱼的呼吸，

---

① 《古尔-毛拉的小号》没有真正的规范版本，除了一个完整的草稿外，还有赫列勃尼科夫从伊朗返回俄罗斯后重新创作的诗歌各部分的修订本。这里翻译的版本是一个组合，将所有已知的修订文本部分与草稿的未修订段落结合在一起。最初版本的标题是《没有 T 的暴君：遭遇》，但赫列勃尼科夫最常将这首诗称为《古尔-毛拉的小号》。

　　赫列勃尼科夫在伊朗逗留期间写了这首诗，当时他被派去协助当地革命者的红军远征军的宣传官。根据赫列勃尼科夫的同胞在这次命运多舛的远征中写的回忆录，这首诗带有很强的自传性。第12—13部分讲述了诗人在港口城市恩泽利附近的里海沿岸的流浪；第15—18部分描述了远征军向东穿过马赞兰省向沙萨瓦尔进军，前往德黑兰；第19部分描述了向恩泽利撤退的情况。

　　这首诗中出现的许多非俄语短语，是赫列勃尼科夫在里海南部海岸（伊朗北部）吉兰省和马赞德兰省所听到的当地话的转录。土著居民讲一种土耳其方言，借用波斯语和阿拉伯语。草稿中这首诗的标题是《古尔-毛拉的小号》，"古尔-毛拉"的意思是"花祭司"，或者更准确地说，是波斯语中的"花神学家"。显然，伊朗人给赫列勃尼科夫起这个绰号，是因为他蓬乱的胡须和破烂的衣服看起来非常像苏非圣人或托钵僧。

② 哈克，这个词在波斯语和阿拉伯语中的意思是"真理"，如"上帝就是真理"，由收集施舍的托钵僧重复诵读。

呻吟，疯狂哭喊——

花祭司像狂暴的野牛经过：

粗糙的羊皮，光着腿，光着胳膊。

山上的牧羊人会把他当作自己同类中的一员，

而一头野水牛低声说："我的兄弟!"

像一股神圣的风，他从雪山

降临，穿过城市的街道。

花祭司，野人，

不知为什么，他的白毛很吓人。

"库克普尔!""库克赛!"①像冲浪的声音，那哭声

连绵不断！在世界各地，

买卖的洪流涨得太高了。

他的黑发瀑布般疯狂地披散，

在晒黑的脸庞

和先知黝黑的肩膀上。

他的胸膛燃烧着黄金的颜色，橡子的颜色，

他光着脚，

他那件翻过来穿的

羊皮大衣像一片金色的叶子晃来晃去。

神圣的黑暗在他狂热的眼睛里闪耀，

一间欢快的地牢。

十多年没剪过，

对剪刀一无所知

他的头发像河流披散在肩膀上。

---

① 原文为土耳其语，意为"很多钱！很多硬币!"。

马会为有那样的一条尾巴而骄傲，

一片似乎在午夜沉思的黑色草地，

犹如布满星星的午夜干草垛，

黑小麦的禾捆堆。

战斗中的鸟儿从雪山俯冲下来

掠过赤裸的肩膀

先知黑色的肩膀。

鸟巢里黑暗的声音，

指挥家因为他和上帝的

神秘谈话而升上天堂。

他的羊皮比堆积如山的金钱更有力，

他拿着夜里从天鹅身上

掉下来的一根羽毛，

当天鹅从群山和峡谷的

世界之上高高飞过。

一头铁牛为先知的权杖加冕，

像鸟儿一样在那里栖息，

一边点着它金属的头。

他发黄的手指握着白色的羽毛

从夜空坠落，

迷失在悬崖边的荒野沼泽中。

他的手杖上立着夜间的公牛，

他的眼睛里有阳光的火焰。

哈克！哈克！

再次！再次！

他们是从山上下来的先知

遇见孩子赫列勃尼科夫！

从他们的山上下来，先祖，

声音在荒野中哭泣。

奥卡纳！莫卡纳！ ①

让我们成为朋友！

云比石头还重！

从人群的喉管里，就像鲸鱼的呼吸，

他们狂野的呼喊来了。

"古尔-毛拉"，在风中响起，

"古尔-毛拉"，在他们的哭喊中响起。

而那风吹刮下来，

那黑暗村庄里的声音，

那海滩上的声音。

"我们的。"山上的圣人唱道，

"我们的。"花在说——

金色墨水斑点

被春天粗心的手

洒在绿色桌布上。

"我们的。"橡树和灌木丛在歌唱，

一串金色的叮当声，那春天的召唤！

数百只眼睛，好奇的太阳，

在树枝上传播福音。

"我们的。"夜空中的云说，

"我们的。"大海之上的乌鸦在呱呱叫，

---

① 原文为土耳其语，表示喜悦或喜悦的感叹。

绿色的眼睛，铁质的鸟喙，

像一张整齐铺展的渔网，

匆匆向东

进入黎明的渔场。

在他们飞翔的网中捕捉月亮，

沉重地，缓慢地，他们向前飞。

但伊朗女仆从未说过"我的"，

她从未说过"我的"。

透过面纱，她阴郁地撇了一眼，

透过她的黑色丝绸，站在一段距离之外。

2

我白色的翅膀折断了

我的脑子里充满血，

我掉进白雪

和黑刺李的树枝里。

"伙伴们，帮我！"我向

海洞里的山神，

向儿童游戏里我的同伴哭喊着。

我躺在那里，裹在

白色的翅膀里，粗鲁地掉在地上。

一只狐狸又咬又叫，

从我白色翅膀上扯下羽毛。

而我躺在那儿，没有动。

你们群山，白色的山，

库尔斯克号^①向你驶来，

大海缝着花边泡沫

像柔软的丝绸蕾丝。

天空是蓝色的。

一个头发花白的老水手正在阅读

克鲁泡特金的《面包与自由》。

从前有个人

用燃烧的枯枝点灯。我很好奇，有一天

  他会找到更热的火

去照亮海上的烟囱吗?

他们用眼睛吻我——

我，天堂的征服者——

海洋，海洋，

无边无际的蓝色。

我的血，这些猩红深渊的花园，

我的翅膀，这些雪山，

"进去，古尔-毛拉，

我带你去。"

  3

我是一个身上洒满星光的骑手

外出去狩猎星星，

———————————

① 库尔斯克号，是赫列勃尼科夫于1921年4月抵达恩泽利时乘坐的船。

我是倒着读的拉辛①，

我是翻转的拉辛。

我乘着库尔斯克号逆流驶向命运。

他抢劫放火，而我是文字之神。

那微风的独桅帆船

驶入海湾口。

拉辛把他的新娘扔进海里。

我要做相反的事！我要救她！

我们走着瞧。时间不喜欢缆绳，

还没有张开嘴来咬它。

这些山里的洞穴

都是空的？

有神灵住在那里吗？

一次，我在一本童书上读到过

那些洞穴里的神灵是活的，

还有那些成群的蓝色蝴蝶

盖住他们的脚，像成群的眼睛。

克鲁泡特金是我回到过去的路，

而不是猎杀普通民众。

命运保佑我

在我最新的耻辱之后，我再次感到

翅膀在我肩上。

---

① 这句话有字面上和比喻上的两层含义。拉辛（Razin）的名字反过来读作
"Nizar"，一种俄语方言，意思是因拉辛所倡导的事业被剥夺权利的人。
打个比方，赫列勃尼科夫认为自己是拉辛的对立面，"拉辛把他的新娘扔
到了海里"，诗人则打算营救他心爱的人。

4

我们是红皮肤的巨人
历经里海的风雨吹打。
我们今天站起来，为自由歌唱，
赞美自由和无神论。
让那雇工安静地站着
他对大海的誓言是徒劳的。
聆听大海上回荡的赞美诗。
所有的剥削压榨归于沉寂。
好吧，风？

5

牧羊人的眼睛，他与众不同。
诸神白色的眼睛在天空翱翔！
锯齿状的雪山，大海上塞壬的歌声。
记录大地的歌声。
那风像驱赶山羊一样
驱使着这些疲累的眼睛
穿过世界的牧场。
穿过燧石平原，像山羊
从黑暗的山中，到城市中觅食。
人类痛苦的牧羊人与众不同。
雪的想象，
白色的山涧，

石头大脑的

蓝色眉毛的

雪的思想，

燧石嶙峋的悬崖上阴翳的眼睛。

在白雪覆盖的玫瑰树篱外折磨。

风是上帝眼中的牧人。

古拉特·艾因①，

塔西拉②，把绳子绑在木桩上

她自己，转向刽子手，

问道："就这些吗?"

"绳子和子弹

在你新郎③的怀里!"

这是她的尸体，这些白雪覆盖的群山。

6

山岭的黑色鼻孔

急切地呼吸着

拉辛的香味

那来自大海的风。

---

① 古拉特·艾因，波斯女诗人，由于她的革命观点，她于1852年被波斯保守的当局处决。她的真名是法蒂玛·扎林·泰姬·巴拉哈尼。"古拉特·艾因"是老师们用来称呼特别有天赋的学生的一个传统称呼，意思是"眼睛的慰藉"。
② 塔西拉，是古拉特·艾因的另一个名字。
③ 你的新郎，可能是指巴布，塔西拉从未见过他，但在他们的生活中，他被描述为她的未婚夫。巴布被吊在柱子上，于1850年被行刑队处决。

我骑着

痛苦的风。

7

在金色的茎秆上

金鸟吱吱叫。

大声点，你们这些鸟儿不要害羞！

绿色的街道和石头建筑，

一片片狭窄的街道。

我被石头鞭笞！

那圆石连缀而成的辫子

鞭笞大草原上野人的眼睛。

（我用双手捂着头。）

停下来！天堂没有怜悯！

我被这些小巷里好奇目光射来的子弹

打得千疮百孔。

这些圆石鞭子已经

劈开我的肩膀！

只有一座深蓝色的石塔①，像一棵白桦树

在桥边，微笑着如同圣母玛利亚

并包扎我的伤口。

---

① 场景现在已经从恩泽利港转移到其东南几公里的拉什塔市，赫列勃尼科夫
在这里描述了帕尔德阿拉克桥。

我被这些灰色的墙壁鞭打过。

8

市场。傍晚。
"煮鸡蛋，
只要一个赛①！一个赛！只要一个赛！
来买吧！来买吧！"
鬈发，浓密的头发，蓝黑色，
来自沼泽地的残暴王子，
慵懒的蓝色，
黄油似的黄金——他们用来做了一个屋顶盖布
让麻雀的眼睛住在那里，
为寻找云雀呢喃的眼睛。
（牛乳里的黄油来自白色天空，白雪和白霜。）
篝火。陶器盆中的火焰。
一只公牛的头，死了，挂在墙上。他们把公牛放在雪杖上
带走；半小时前，它还是活的。
夜晚野蛮的阴影。搅拌壶里的冰饮料——
穿着武士的披肩。
小贩们出售冰块、豆子和油饼。
剩下的蓝色盆子——
就像破碎的蓝色石头
从天堂的垃圾堆里留在这里。

──────────

① "一个赛！"，原文为土耳其语，意为低面额硬币。

我听到的是伏尔加河船夫的歌吗，
还是某个船夫把天堂拖到人间？
绿色的母鸡，红色的蛋壳。
在黑色的半球里，像一个颅骨，
人群的眼睛闪闪发光，
敲着他们的念珠，
黑暗街道上的人群："不说俄语。
阿洛，阿洛，卡姆拉德。"
森林里的肉搏战，
打开羊皮大衣，
绿色的羊皮，
那石头神像
在一个空间游戏中跌倒。

9

在他们长长的睫毛的栅栏上
孩子们的大眼睛里洋溢着微笑
并笑着把它们分发给路人。
在清真寺旁，一个跛腿孩子
伸出他蛛丝状的手。
像酒瓶一样，穿黑衣的女人走过，
用苍白的箔纸封住黑影。
谁拔掉瓶塞？
懒惰！容易！
我是他们那动物般恐怖眼睛

活力的引火绒，无声的魅力，那保护他们免受恐惧的
面纱下黑暗的魅力。

致命的发烧，

白热病

他们白色的面纱在黑色阴影之上闪闪发光，

白色树枝投射出黑色的影子——死亡之门。

黑人监狱的小窗户，路过女人身上的

白色售票窗。

安静！那东方的至圣！

我是先知！哈克！哈克！

10

午夜：雷什特①。像猫一样跳跃的财狼

拍下两只绿色的眼睛，

穿过后院，逗逗小狗，

汪汪！汪汪！汪汪！

小狗懒散地回应，狂野的豺狼

对着狗大声嚎叫

在小镇沉睡的院子里。

死者的灵魂在祈祷的花园里。

那些在院子里蹦来跳去的，都是魔鬼的儿子。

我们一整晚

盯着光秃秃的头，剃光的头，

———————————

① 雷什特，城市名，位于伊朗西北部。

还有一把深色的锁在旁边晃动

（乌云状的烟雾）。

不贞的妇女们，撩起她们的面纱，

向人们喊道："过来！过来休息！

睡在我怀里！"

11

暴君——但是如果他消失了？

"莱斯·图曼·多利亚①。"

阿里②成为地球行星的总统——

喝过一杯当地的杜松子酒后

宣誓就职。

在这片土地上，所有人都是亚当斯③，

那神圣的天堂裸露的根！

那里，他们将钱称为"普尔"

而在山沟里

穿着白色亚麻布的可汗

在雷鸣般的瀑布边

用带网的杆子捕捉鲑鱼。

一切都以"萨"开头：萨阿，萨伊，萨拉④。

---

① 莱斯·图曼·多利亚，赫列勃尼科夫用波斯语翻译的"地球行星的总统"。
② 阿里，可能是指赫列勃尼科夫的波斯同志之一阿里·拉齐，他为远征军克拉斯尼伊朗（红色伊朗）的分区报纸工作。
③ 亚当斯，这个词在波斯语中的意思是"人"。
④ 萨拉，波斯语"鸦片渣"的意思。

那里，他们给沉默的月亮

一个响亮的名字——

艾月^①！

这就是我现在所在的土地！

12

春天带来大海

一条死鱼项链——

整个岸边都铺满他们的尸体。

狗，空想主义者，先知——

还有我——

也在海边享用晚餐：

鱼，去睡觉

在海滩的桌布上。多么奢华！

做人！不要退缩！休息！享受！

除了大海这里没有人。

不需要我感谢你，大海，

你太辽阔

让我吻你的手。

我去游泳！亲吻海浪，

大海闻起来不像女士的手。

我发现三袋鱼子酱，

---

① 艾月，艾（Ay）在土耳其语中是"月亮"和"月"的意思，它也是俄罗斯民间对五月的称呼。

把它们煮熟吃掉，

现在我饱了！

乌鸦在天空

哭叫！

大海对着狗的腐烂的

尸体歌唱：

《安魂曲》和《在天堂》，

在这片土地上

时间从血中借用鲜红的墨水——

一首友善的循环往复的圣灵降临节赞颂，

当鲜红色落下

将林中的凤仙花变成红色，

在嫩绿的睫毛中张开。

那棵树不耐烦了，它想为我成为

先知的绿色旗帜。

但圣灵降临节血腥的印记

还没有凝固。

一群天鹅的绿色羽毛——树枝——

飘浮在空中，

还有春天的金色墨水

粗暴地涌进夕阳，

而猩红的森林

换成绿装。

在这片土地上，狗不吠叫

如果你晚上不小心踩到它们；

这些大狗既温顺又安静。

一只小鸡，在它主人手里睡着之前，

紧跟他的脚步，充满掠夺性冲动，

捕捉蚊蚋。

人们不会给你丝绸，

哦，先知！要让这棵树成为旗帜，

夏天血染的手指弄脏了绿叶

当我摘下甜美的凤仙花作为旗帜。

13

今天我是大海的客人。

一块沙子铺就的宽桌布，

远处有一只狗。

我们一起四处嗅嗅，咀嚼我们发现的东西。

我们看着彼此。

我吃了几条小鱼和鱼子酱。

很爽！当有人请客，你吃得没那么好！

一个男孩在篱笆那边喊道：

"乌鲁斯托钵僧①！乌鲁斯托钵僧！"

——朝我吼，至少十次。

14

一头毛茸茸的狮子——它的眼睛就像你朋友的眼睛——

_____

① 乌鲁斯托钵僧，波斯语"俄罗斯苦行僧"的意思。

拿着弯刀①，

威胁某人，挑战某人，和平的哨兵，守卫着落日，

而太阳像颓废的荡妇

（我确信她喜欢偷偷吃甜食）

温柔，从容，从狮子身上滚下来

在绿色的瓦片之间。

在绿色的瓦片之间！

15

哈尔哈尔②。

可汗一身白衣

嗅闻一朵红花，芳香扑鼻而来。

他热切的目光被远处吸引。

"不知道俄罗斯有多坏！没用！

没必要喋喋不休，为什么？没用！

教师——给予

（五十年）多少根手指，多少——

亚洲的俄罗斯，

俄罗斯的第一个老师。

大块头男人，俄罗斯的托钵僧，是吗？

哈，佐拉斯特，哈！非常好！"

———————

① "一头毛茸茸的狮子……拿着弯刀"，描述了伊朗的皇家印章。
② 哈尔哈尔，在恩泽利时期，赫列勃尼科夫曾被聘请担任当地苏丹佐尔加姆
的女儿的家庭教师，她住在恩泽利西北部的哈尔哈尔山村。这个女儿在几
首诗中是诗人感情的理想化对象。

老爷有点醉了，闻了闻那朵花，

光着脚，在白色中，

凝视着远处深蓝色的山脉。

他的阳台面对着群山，上面铺着地毯，还有许多步枪。

更高的地方，是他祖先的坟墓。

旁边坐着一个女仆，给他儿子的脚挠痒痒；

他笑着，不停地试图踢

那服侍女孩的脸。

他一身白衣。

身着白衣的可汗，在花园里散步，

或者平和地用铁锹挖掘卷心菜地。

"贝赫博特　艾哈－呜呜－维亚茨！"

那鸣鸟歌唱。

群山石头的镜面。

我在山上。

那儿大海的镜面

就在那个方向上——

母亲（像一个大脑袋）。

从这里，与伏尔加河垂直，

河流汇入同一片广袤的大海，

那里，吊桶舀起储备的意志。

一个人在这群山之中

明白他有多自命不凡。

河水"哗哗"地涌流

它湿漉漉的头发是透明的。

大块岩石。

牛蒡长得有一人多高。

湍急的水流。谁串起这些岩石？

谁在演奏这种乐器？

16

巨大的鹅卵石围成一个圈，

山谷如桌布般平整，

峡谷的地面被清扫得干净——

不需要擦拭你眼中的灰尘。

这些巨石顶部中间的树。

房子白得像人的头骨。

树枝上的嫩枝。

这是原野上的柴汗①。

饥饿的孩子们的眼睛像樱桃一样凸起来。

亚美尼亚的孩子很胆怯。

就像几百张童话里的脸

一棵无花果树的根

（我睡在上面的那个树根）

漩涡和膨胀，争夺腿部空间，

然后进入地下，

像母亲一样伸出手去帮助她的孩子，

一根从树枝延伸到根的脐带。

---

① 柴汗，波斯语"茶馆"的意思。

我勇往直前，我的信条紧紧压在我的背上。

我的布道是无声的，我没有门徒。

就像树干上的一个大洞，

几个世纪以来的帐篷敞开着。

大腹便便的躯干（横向

比马还宽），翻滚着，大肚子，

枝叶高高升起像绿色的蘑菇云，

一顶绿色的帽子，

密集的树枝流泻到树根，

在它们中间缠绕打结，

就像一张巨大的网。

从树上倾泻而下，一场树雨

落在树根和泥土里，扎根在地下的血肉里，

像网一样编织成稠密的环。

而树叶，虚无的诗人，

那嫩枝和枯枝

还有一群新生的——被母亲古老的胸怀拥抱着

一张图？还是一棵树？

树倾泻而下流到树根，

滴着树液

像山间溪流

在几个世界缓慢的倾盆大雨中。

躯干是肿胀的肚子，里面住着数字3，

在山谷上方，铺上第二片翠绿的天空——

四个结头的网状环，

这是我睡觉的地方，疲惫不堪。

白马（傲慢的天鹅）已备好鞍，

在牧场上吃草。

"你是我们的孩子！坐下来，吃吧！"

一个逃过俄罗斯兵役的士兵，向我喊道。

"茶叶，樱桃，大米。"

在那些日子里，我没有"普尔"，我是徒步旅行的，

整整两天，我一直在吃野草莓，

暂时填一下地球总统的肚子

（马林霍夫和叶赛宁①）。

"贝赫博特　艾哈–呜呜–维亚茨"鸣鸟一直在唱！

17

怪物的黑影，夜间造访。

黑狮子。

一个舞者，挑逗着，在树梢跳跃，

一只脚站立，另一只抬起，膝盖弯曲，

在她头上，胳膊肘曲起。

穿着黑色蕾丝裙子，多么梦幻！

豪猪的翎毛在月光下闪闪发光。

我以思路引领笔尖，开始写诗——新的诗。

我很累。我拥有的全部只是步枪和手稿

一只狐狸在灌木丛中吠叫。

---

① 1920年在哈尔科夫，这两位诗人安排了赫列勃尼科夫作为地球总统的模拟就职典礼。

我躺在十字路口的岔路口

像一个活着的传奇人物，就在路中间，

我张开双臂，就像童话里的英雄。

我不是在为夜晚扎营，我是

来自奥涅加湖的活生生的传奇。

夜空中的星星俯视着我的灵魂。

一支步枪和一堆草——一个疲惫的人的枕头。

我马上就睡着了。当我醒来，我看见

十几个战士蹲成一圈围着我。

他们吸烟，沉思，什么也没说："没有说俄语。"

他们坐着思考，肩上斜挎着步枪。

他们胸上是厚厚的贝壳的甲胄，

"我们走吧。"他们带我离开，喂我食物，给我饥饿的嘴里
　　插上一根烟。

而不可思议的是——早上，他们把枪还给了我。

然后让我走。

一个卡尔德斯①给了我一大块奶酪，

和怜悯的一瞥。

18

"进去，古尔–毛拉。"

一只黑水壶，喷在我脸上？

———————————

① 卡尔德斯，原文为"Kardeş"，土耳其语，意为"兄弟"。

黑水①？不，只是阿里·穆罕默德，他看着我笑着说：

"我知道你是谁。"

"谁？"

"古尔-毛拉。"

"花祭司。"

"是的！是的！是的！"

他笑着继续划船。

在云层的索具和铁铸的锯齿状怪物中，

我们穿过倒映的波斯湾，

他们的名字写在船壳上：托洛茨基，罗莎·卢森堡。

19

"我有一条船，

古尔-毛拉同志！

进来，我带你去！

没钱？没关系，

无论如何我要带你去！进来！"

那些克吉②互相争吵着说话。

我上了老人的船，亲切，晒得黝黑，他唱起土耳其的歌。

船桨吱嘎作响。一只鸬鹚飞过。

我们从恩泽利划船到卡兹扬③

---

① 黑水，波斯语中青光眼的委婉说法。

② 克吉，原文为"kerji"，波斯语，意为里海中大型平底船的经营者。

③ 卡兹扬，穆尔达布湾将恩泽利港分为两部分，其中一部分是卡兹扬。

我能给他们带来好运吗？为什么他们都想让我当乘客？

在波斯，没有比成为一个古尔-毛拉

更值得尊敬了，

春天金色墨水的保管人。

在五月的第一天

我到处跳舞，大喊："嘿！"

对着那名叫"艾"的苍白月亮，

它在我右边升起。

在夏天，你流着你的血，

在春天，你披散着金色的头发。

每天我都在沙滩上舒展身体

入睡。

（1921—1922）

皮亚季戈尔斯克的秋天①

1

秋天的太阳下山了

它那抚慰人心的金色手杖，

那植物的金色颅骨

在山顶陷入泥淖；

蓝色秋天困乏的云，

白霜在晴朗的天空轻颤。

只有镀金的树枝

疯狂地抖动着，向我们伸过来：

"你们不需要分开，你们不需要区分；

你们曾经像我们，现在我们也会像你们。"

摇晃，他们扭动

震动，破碎，

---

① 1921 年 11 月和 12 月，赫列勃尼科夫居住在皮亚季戈尔斯克。这是一个著
名的水疗中心，位于高加索中部的马舒克山南坡。"皮亚季戈尔斯克"本
身的意思是"五座山"，指的是围绕城镇的五座山峰，这些山峰在诗中都
有提到：贝什陶；马舒克；尤察和朱察的双峰，被称为两座"甲壳虫"；
黄金库尔干；杜布拉维。整首诗中死亡的意象不仅受到季节背景的影响，
还和曾经到访皮亚季戈尔斯克的俄罗斯浪漫主义诗人米哈伊尔·莱蒙托夫
有关系——1841 年莱蒙托夫在马舒克山脚下的决斗中丧生。

被秋风野蛮地撕裂。

云层越积越高，

那裸露的树黑色的躯壳

向我们摇晃他们的黑发，

就像那个清晨，在我穿上鞋子之前，

问了一个旨在套牢我的问题：

"你相信梦吗？"

……总有一天，我们会一起躺下，

而果园则会装扮成金色的梦……

一切都剥光了。黄金在消失。

看，那棵树长着尖尖的幽魂

数百枚金币闪闪发光——

怎么了，吝啬鬼？

为什么不把他们都抓住？

用树叶塞满你的钱袋！

怕你会毁掉

一群盗贼的污点？

2

就像我们头顶凶手刀下的阴影，

一把三刃剃须刀，模糊的

灰色群峰拔地而起：

殊死战斗在这里沉睡

在名声的泡沫和干涸血液中。

这是贝什陶山，粗糙的曲线，

石头比强盗还要放肆地溅落，

记录声音的遥远图像，

用留声机针在唱碟上刻出A或V字，

尖锐如为远古猎人的

弓箭而造的燧石箭镞。

强健如大地的魂魄，洁白如云，

它挥舞充满敌意的利刃

刺向天空脆弱的亚麻色咽喉。

这山是一把燧石刀

以残忍阴险的手段

瞄准天堂的脖子，

但浩瀚的天空，似乎不为所动：

上帝的眉头没有表现出任何情感。

结实的锁链将贝什陶山像麻风病人一样捆绑起来

那被攻克的平原将他打入山谷。

杀人狂，被困在远处！

白色的眼睛掠过整齐的凹槽

追随这录制的声音：

隐士栖息在这声音的痕迹中。

在明亮的树林里，一丛树莓藤蔓——

倾听知更鸟

和小硫磺鹀。

这录制声音激烈的痕迹

曾是宜居的，

满是闪亮的水和祭祀的石头：

我们的祖先肯定在此供奉过神灵。

3

早已消失的海盆上

站着秋天灰色的守卫。

在盆地里，我可以辨认出鱼的化石。

这是死海觉醒的

波浪。

压缩成石化原木的海洋

被锯成木板，变成鹰隼，

通过人类智慧的横切锯

溪流的阶梯，大海之歌的五线谱，

它的抗议像牛叫一样，粗糙又沙哑。

白色的墙壁通向山岭

沿着，那片海的遗迹的路径

高高地上升到峡谷，

鹰和海洋化石

它们耸起的翅膀

犹如锋利的钢剑。

穿过这个秋天的世界，比蜂蜡更柔软，

农民的脚在大海的遗迹中蹒跚而行。

一个赤脚巨人轻声和我谈论着

上帝长羽毛的小朋友。

一顶白色头盔盖住页岩破碎的山岭，

　　那平原的指挥官，

粗糙又沙哑，那干涸大海的歌声

上升的音阶！

石板屋顶从死海的波浪中升起，

一个闪电的化石原野！

那鲸鱼之路，水怪之路，

已变成板条，变成棒球球棒

在这里的温泉中，

人的悲伤和人的眼泪

在笑声和歌声中趋于平静。

有多少看门狗，

有多少他们自己灰色头颅的雕塑家，

守卫着皮亚季戈尔斯克！

他们蹲伏在云层里：

这两只甲壳虫，

金色库尔干，马舒克和杜布拉维。

谁会舔他们的黑鼻子？他们一跃而起——

把爪子搭在谁的肩膀上？

而在镇上，紧贴着窗户，

作家和儿童，医生和推销员，

女孩头上的每一根发丝

　　一幢挤满数千人的摩天大楼！

绿色屋顶绵羊般相互依偎着，然后睡去。

杨树金刀般矗立，

一个充满激情的女孩向她的朋友喊叫着"啦"，

而风的鞭子驱赶着白云。

4

当绿色的事物变成金色
秋天的小提琴满怀恶意。
秋风将树叶像一摞情书
吹向天空；
它们不小心落进你的眼里
    （黑暗的树枝穿过天空之洞）。
都怪我
想要回到这里。
我以控诉的手指指向天空，
我为我的指控辩护
从地面我抓起
几封有害的信件
并把它们甩在诸神的脸上
太迟了。

5

结核病患者吐出金色的痰块
一如树枝咳出它们的黄金；
那金色尸体嘶哑的叫声，
    树枝在我脚边折断、死去。
舒拉窸窣作响，弯腰坐在她的长凳上，
脚跟踩踏沉重的靴子，金色的沙沙声，
坐在种马上，在瞬间的

风中乱踩
尾巴翘起，抵御狂风，
金色的吉卜赛人在田野的帐篷里，
秋天流浪者的营地，驰骋的猎人，
"喂喂"地嚎叫着。

6

撞击，撞击，我的大脑，
撞在那世界"否定"
的大岩石上。
我厌倦了像一颗透明的星星
在一波又一波的浪潮中起伏。
那根雪白的手指
自秋天红头发的平原上竖起
嘲讽地对准我！
秋天是夏天的病床，
被丝绸般的绿色烟雾笼罩着。
是时候我要离开了，去亲吻
冬天冻僵的手。

7

向日葵的孔眼变黑变干，
大地上铺满葵花籽，
多少爱的宣言

都被践踏在这片土地上！
我把叹息像滑雪板绑在靴子上，
它们像我的唾沫随风飞扬！
这不是果园，这是胃痛，
是爱连同葵花籽壳
一起呕吐出的酸痛。

（1921）

图书在版编目（CIP）数据

未来之城：赫列勃尼科夫诗选 / （俄罗斯）赫列勃尼科夫著；凌越，梁嘉莹译 . —南宁：广西人民出版社，2024.3
（大雅诗丛）
书名原文：The City of the Future
ISBN 978-7-219-11655-5

Ⅰ . ①未… Ⅱ . ①赫… ②凌… ③梁… Ⅲ . ①诗集—俄罗斯—现代 Ⅳ . ① I512.25

中国国家版本馆 CIP 数据核字（2023）第 206715 号

未来之城：赫列勃尼科夫诗选
WEILAI ZHI CHENG: HELIEBONIKEFU SHIXUAN
［俄罗斯］赫列勃尼科夫 / 著　凌越　梁嘉莹 / 译

出 版 人　韦鸿学
策　　划　白竹林
执行策划　吴小龙
责任编辑　唐柳娜　许晓琰
责任校对　周月华
书籍设计　刘　凛

出版发行　广西人民出版社
社　　址　广西南宁市桂春路 6 号
邮　　编　530021
印　　刷　广西民族印刷包装集团有限公司
开　　本　889mm×1194mm　1 / 32
印　　张　13.25
字　　数　315 千字
版　　次　2024 年 3 月　第 1 版
印　　次　2024 年 3 月　第 1 次印刷
书　　号　ISBN 978-7-219-11655-5
定　　价　68.80 元